只要30天

圖解
生活日語
自學王
GO!

30天日語完美自學法

50音+日本文化
超簡單會話+文法
日語與漢字
書寫練習

Digis

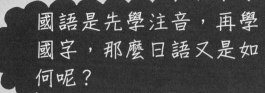

國語是先學注音，再學國字，那麼日語又是如何呢？

日語是由 50 個平假名 (ひらがな)，和 50 個片假名 (カタカナ)，以及漢字所組成。

字母這麼多一次背不完啊～

一開始就背誦 50+50=100 字的文字，這樣雖然好，但是大部分的人在背五十音的階段就放棄了。

本教材能讓你不用刻意背誦單字，只要學完本書的內容就能自然而然的記住單字，很棒吧？

真的嗎~~~?

好!!厲!!害!!

按照順序依次學習，短時間內就能記住單字，不要再因為平假名氣餒，按順序慢慢學習吧！

真的能在短時間內完成嗎？有更簡單的方法嗎？

如果想說好日語，最快的方法當然就是去日本生活。

然而實際上是不可能的！無論在國內多麼用功地背書，日語能力也很難贏過在日本當地生活幾個月的人們。

所！以！

日本人ミが老師和作者一起錄製了 MP3，不用去補習班就能學到像是一對一學的內容。

是我們錄製的～～

本教材與以往的授課內容不同，ミガ老師講述有趣的日本文化故事，讓你能得到就像是真的到了日本一樣的效果。

哇…我們好像去了一趟日本對吧？

快醒醒！！

這裡有很多當地的照片和插圖。
讓你能快樂學習，一點也不無聊。

你可以從 MP3 聆聽日本老師的發音。

我個性害羞
不敢開口說日文,
該怎麼辦?

小傻瓜 怕什麼～~

建議初學者以日本人在生活中使用的單字為主,
利用經常使用的句子來學習才是捷徑。

我知道了～這本書不是那種一開始
就先背單字的無聊書啊!

愉快的學習會話的同時,
也把單字背下來吧!

簡單 愉快

單字只有在需要的時候才背,本教材有標示該背誦的
單字,只要配合發音練習,邊寫邊背就可以囉!

一起…加油!!

がんばれ

加油!

本書的特色與結構

1. 日語的五十音

將日語的基本文字平假名(ひらがな)和片假名(カタカナ),以母音、子音為分類依據所排列出來的圖表,跟著五十音表一起練習吧!

2. 日本的生活文化

每一課的開頭都有介紹日本當地生活文化的文章,ミガ老師和作者都會有趣地講解!

3. 每個人都能學會的超簡單會話

本書會話是用當地生活所必需的詞句,用超簡單的方式寫成的,讓我們邊聽ミガ老師的發音,邊熟悉會話。

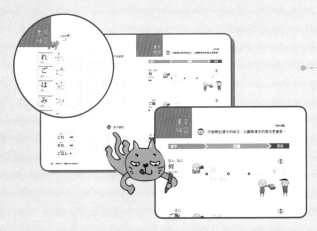

5. 寫作練習 & 日式漢字練習

在本文中新出現的字母和單字，可以同時聆聽ミガ老師的發音並練習寫作。

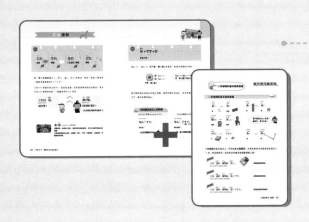

6. 會話的文法說明

除了課程內容之外，作者還簡單說明了會話所必需的文法。搭配有趣的插圖，就可以輕鬆有趣地理解內容，奠定日語的基礎。

7. 練習題

練習解題每課學習的內容，並且確認和複習。

光碟

MP3 CD

由成宇錄製的會話課文，以及ミガ老師和作者一起錄音、編輯而成。

附錄

超簡單！日語寫字簿

寫字簿是按照五十音的順序來編輯的，你可以單獨攜帶，方便背誦。

目錄

前言 ———————————————————————— 2

本書的特色與結構 ———————————————— 6

五十音表 —————————————————————— 12

01 姓氏與
名字
16

日本人的名字 —————————————————— 20

閱讀名片上的漢字

稱呼對方的用語

年號是什麼？ ———————————————————— 26

02 日語的
特徵
28

田中是學生嗎？ ———————————————————— 32

田中君は　学生ですか。

日本的文字

日語的語序

逗號與句號

敬語型

03 問候語

40

你好！————————————— 44
おはよう。

謝謝你一直以來的問候

歡迎光臨

04 東京與
京都

50

這裡是哪裡？————————— 52
ここは　どこですか。

ここ・そこ・あそこ・どこ

05 日本
飲食

60

這是什麼？————————————— 62
これは　何ですか。

これ・それ・あれ・どれ

06 點餐

70

今天推薦的午飯是什麼？ —————— 72

えー、今日の　おすすめの　ランチは　何ですか。

どうぞ
ください

07 大阪的春天
_賞櫻

82

大阪的季節怎麼樣？ —————————— 86

大阪の　季節は　どうですか。

〜が　あります

い形容詞的基本型與意義 ——————— 93

08 家族

96

家裡有幾個人? —————————————— 98

ご家族は　何人ですか。

〜も　います

計算數字・時間・紙張・書

稱呼家人的方式

い形容詞的否定表現 ————————— 110

09

黃金週_
溫泉旅行

112

溫泉旅行 ———————————— 116

〜に 行きます

な形容詞的基本型與意義 —————— 123

10

JR
山手線

126

車票要在哪裡買？ ———————————— 130

切符は どこで 買いますか。

いくらですか

節慶日

基本動詞的活用 ———————————— 135

附錄

超簡單！
日語寫字簿

143

五十音表

英文發音採用護照使用的正式拼音方式。

TRACK **00**

あ行	あ / ア	い / イ	う / ウ	え / エ	お / オ
	[a]	[i]	[u]	[e]	[o]
か行	か / カ	き / キ	く / ク	け / ケ	こ / コ
	[ka]	[ki]	[ku]	[ke]	[ko]
さ行	さ / サ	し / シ	す / ス	せ / セ	そ / ソ
	[sa]	[shi]	[su]	[se]	[so]
た行	た / タ	ち / チ	つ / ツ	て / テ	と / ト
	[ta]	[chi]	[tsu]	[te]	[to]
な行	な / ナ	に / ニ	ぬ / ヌ	ね / ネ	の / ノ
	[na]	[ni]	[nu]	[ne]	[no]

は行	は ハ	ひ ヒ	ふ フ	へ ヘ	ほ ホ
	[ha]	[hi]	[fu]	[he]	[ho]
ま行	ま マ	み ミ	む ム	め メ	も モ
	[ma]	[mi]	[mu]	[me]	[mo]
や行	や ヤ	い イ	ゆ ユ	え エ	よ ヨ
	[ya]	[i]	[yu]	[e]	[yo]
ら行	ら ラ	り リ	る ル	れ レ	ろ ロ
	[ra]	[ri]	[ru]	[re]	[ro]
わ行	わ ワ	い イ	う ウ	え エ	を ヲ
	[wa]	[i]	[u]	[e]	[o]

ん
ン

[n.m.ŋ.ɴ]

開始吧！

01 姓氏與名字

1. 日本人的名字

在台灣，大部分的姓名還是以單一個字的姓氏加上兩個字的名字組合而成。不過，日本很多姓名是由兩個字的姓氏加上兩個的名字組成。

為孩子命名，通常會選擇能帶來好運及幸福的漢字，或是取自值得尊敬或喜歡的人的名字。日本政府在 2010 年將可使用的漢字姓名詞彙增加到 2930 個。

日本有趣姓氏 BEST 3

第1名 さとう (佐藤) satou

第2名 すずき (鈴木) suzuki

第3名 たかはし (高橋) takahasi

我們常聽到的たなか (田中) tanaka 是第四名。

名字 BEST 3

男

第1名 ひろし (博) hiroshi

第2名 としお (利雄) toshio

第3名 よしお (良夫) yoshio

女

第1名 よしこ (良子) yoshiko

第2名 けいこ (恵子) keiko

第3名 かずこ (和子) kazuko

日本女性在結婚後會冠上夫姓，台灣早期也會，但現在較少了。

2. 名片上的漢字

名片上的漢字雖然相同，但是發音有可能不同，所以不可以光是背誦漢字。收到對方的名片時，如果不知道漢字怎麼發音，詢問對方也不是丟臉的事。

3. 稱呼對方的用語

稱呼對方的方式有很多，在每個國家中，稱呼對方是最基本但也是最困難的一件事。如果不了解該國的文化，就會不知道該如何稱呼對方。

日本的姓氏和名字是按順序使用的，在姓氏或是職位後面加上～さん san，意思就和英文中的 Mr. 或 Mrs.(Ms.) 相同。

去日本旅遊時，在百貨公司或是購物中心經常可以聽到 お客様 o kyakusama，在 おきゃく okyaku 客人的後面加上さま sama 以表示恭敬。另外，在稱呼對方妻子的時候，加上尊稱也是禮儀的一環！這時只要叫 奥様 okusama 或是 奥さん okusan 就可以了。

若是稱呼小孩子、親近的朋友或寵物，會在名字後面加上～ちゃん chan 或是～君 kun。

01 | 日本人的名字

TRACK 01

先聽一遍 ✓ ● ● ● ▶ 檢查!! ● ● ● ▶ 開口說 ● ● ●

tanakasan
田中さん
た なか

一般的關係

田中先生 / 小姐

Tanakakun
田中君
た なか くん

對晚輩或同輩男子的稱呼

田中（君）

Tanakachan
田中ちゃん
た なか

對晚輩或同輩女子的稱呼

田中（醬）

fakudasan
福田さん
ふく だ

福田先生/小姐！

✓ 了解以下對話內容及文法核心！

日本人的姓氏 ～先生、～小姐

ん的發音：
在語尾的時候發[m]音。

田中君 ^{kun}
～君

くん 的發音為 kun。

田中ちゃん ^{chan}
～醬

平假名的拗音や ^{ya} 會縮小一半，並且
和前方的文字一起發音。
例 ち ^{chi} ＋ ゃ ^{ya} ＝ ちゃ ^{cha}

福田さん ^{san}
這裡要唸 だ da

拗音有 3 個。
[や・ゅ・よ] ^{ya yu yo}

例 ち ^{chi} ＋ ゃ ^{ya} ＝ ちゃ ^{cha}
ち ^{chi} ＋ ゅ ^{yu} ＝ ちゅ ^{chu}
ち ^{chi} ＋ ょ ^{yo} ＝ ちょ ^{cho}

TRACK 01

先聽一遍 ✓ ● ● ⟩ 檢查!! ● ● ● ⟩ 開口說 ● ● ●

kachou-(san)
か ちょう
課長(さん) 課長！

tanaka sense-
た なか せんせい
田中先生 田中老師

kimura kun
き むらくん
木村君 木村（君）

junko chan
じゅんこ
順子ちゃん 順子（醬）

neko chan
ねこ
猫ちゃん 小貓咪～

わんちゃん wan chan
小狗～、小狗狗的意思

✓ 了解以下對話內容及文法核心！

課長さん san　對課長的稱呼
課長

　　　　　　　　　　　　　　　→ 職位後方要加上さん。

田中先生 sense-　學校或是醫院都
せんせい 老師　　會使用此稱呼

　　　　　　　　　→ ～先生後面不會再加上其他尊稱，
　　　　　　　　　　sensei (o)，sensei (x)
　　　　　　　　　　當語尾是 e+i 時，發音為長音。

木村君　對晚輩或同輩男子的稱呼

順子ちゃん　對晚輩或同輩女子的稱呼

猫ちゃん neko　對貓咪 (寵物) 的稱呼
ねこ

　　　　　　　→ 把貓咪當作人類看待的時候
　　　　　　　　也會加上ちゃん chan。

不知道漢字的寫法也沒關
係，先把讀音記起來吧！

TRACK **01**

字母練習

た ta	た						
な na	な						
か ka	か						
さ sa	さ						
ん n,m,ŋ,ɴ	ん						
ま ma	ま						

單字練習

tanaka たなか 田中 姓氏			
san さん 〜先生，小姐			
sama さま 〜用於尊稱			
kun くん （〜君)			
chan ちゃん （〜醬)			

漢字
練習

TRACK 01

仔細熟記漢字的唸法，比觀察漢字的寫法更重要。

漢字	朗讀			書寫

た なか
田中
tanaka
田中
❶ 田中 / た なか ❷ ❸ — ☑ ☐ ☐

くん
君
kun
〜君
❶ 君 / くん ❷ ❸ — ☐ ☐ ☐

か ちょう
課長
kachou−
課長
❶ 課長 / か ちょう ❷ ❸ — ☐ ☐ ☐

せんせい
先生
sense−
老師
❶ 先生 / せんせい ❷ ❸ — ☐ ☐ ☐

きゃく
お客
o kyaku
顧客
❶ お客 / お きゃく ❷ ❸ — ☐ ☐ ☐

さま
様
sama
〜尊稱
❶ 様 / さま ❷ ❸ — ☐ ☐ ☐

姓氏與名字 25

 **年號是什麼?**

日本同時使用西元和年號。舉辦奧林匹克運動會的 1988 年是昭和 shouwa 63 年，次年 1989 年是平成 he-se- 元年。年號在天王即位時更改，現在的年號是令和，而之前的平成年號是明仁天王即位時開始，且已於 2019 年 4 月讓位。

> 有些政府部門只使用年號，所以要多了解喔！

年號		西元
平成	1 年	1989 年
〜	〜	〜
平成	29 年	2017 年
平成	30 年	2018 年

Q 2002 年的足球世界盃是平成幾年呢？

Q 平成 24 年是西元幾年呢？

> 錢幣上只會標記年號。這是西元 2012 年鑄造的 100 元錢幣。

 解答　**1.** 2002-1988=14　**平成14年**　　**2.** 24 + 1988 = 2012　**2012年**

1. 請看下圖，試著從 < 範例 > 中選出適合該圖片的稱呼。

- **くん** kun
- **さん** san
- せんせい
先生 sense-
- **ちゃん** chan
- **かちょう** kacho-
- **さん** san

例

やまどり
（山鳥）

➡ 山鳥 かちょう

① きむら
（木村）

➡ ＿＿＿＿＿＿＿

② ふくだ
（福田）

➡ ＿＿＿＿＿＿＿

③ たなか
（田中）

➡ ＿＿＿＿＿＿＿

④ じゅんこ
（順子）

➡ ＿＿＿＿＿＿＿

⑤ すずき
（鈴木）

➡ ＿＿＿＿＿＿＿

 解答　**1.** 木村くん　**2.** 福田さん　**3.** 田中せんせい　**4.** 順子ちゃん　**5.** 鈴木さん

02 日語的特徵

日本人口約 1 億 3,000 萬人，大部分的人都使用日本語。漢字在西元 5~6 世紀傳至日本後，轉變為由平假名與片假名組成的日文。日本的標準語是以首都東京為中心的語言，受到電視、廣播、電影等媒體的影響，在全國廣泛使用。但是京都、大阪、沖繩等地方居民，仍然有很多人使用方言。

1. 日本的文字

❶ ひらがな　**＋**　**❷ カタカナ**　**＋**　**❸ 漢字**
平假名　　　　　　　　　片假名　　　　　　　　漢字

只要我想做，沒有做不到的 !!!

自信 !!

本書以東京的標準語為基準來學習。

1 ひらがな 平假名

用簡單柔和的流線體簡化漢字，廣泛使用於各場合如印刷、書寫 ...。

$$安 \rightarrow あ$$

2 カタカナ 片假名

片假名是將漢字的一部分或筆畫簡單而成，用於強調外來語、人名、地名、擬聲語、擬態詞、句子等。

$$加 \rightarrow カ$$

3 漢字 漢字

日本自 1981 年起將小學學習的 996 個字，以及中學學習的 949 個字加在一起，總共 1945 個字指定為常用漢字。日本的漢字大部分意思和寫法與現在的漢字大同小異，不過日本設計出新字體，更容易學習、書寫。

我們的國字　學校, 韓國　➡　日本的漢字　学校, 韓国

> 日本的漢字和現代使用的漢字有相同也有不同之處。

2. 日語的語順

日語的句型語順與韓語相似，按照單詞、助詞、動詞等順序即可。

Watashi	wa	gakuse-	desu	。
わたし	は	がくせい	です	。
我	助詞	學生	是	。（句點）

我是學生～

3. 逗號與句號

日語一般都是直書，但是最近，學習用教材或是科學、技術、定期刊物等，多是橫向書寫。

才十分鐘就可以睡成這樣…
真是厲害～

我還是改成看日劇學習日文了…
好…睏…喔…

國語的逗號 ， 國語的句號 。

⇅ ⇅

日語的逗號 、 日語的句號 。

這樣列出來
就更好區分了～

日語一般都是直書，但是最近學
習用教材或是科學、技術、定期
刊物等，多是橫向書寫。

4. 敬語型

日語中有一種叫作**敬語**的表現方法，用來向對方表達禮儀、親切、恭敬的心情。

謙讓語是貶低自己，藉此來提高對方以示尊敬的表現方式。學好敬語並不容易，一起從課文學習經常使用的敬語吧！

敬愛的父親大人！
您要一起用餐嗎？

你是說…要吃飯了嗎？

TRACK **02**

先聽一遍 ☑ ● ● 〉 檢查!! ● ● ● 〉 開口說 ● ● ●

tanakakunwa gakuse-desuka

た なか くん　　がくせい
田中君は　学生ですか。

田中是學生嗎？

hai, bokuwa gakuse-desu

　　　　　　　　がくせい
はい、ぼくは　学生です。

是，我是學生。

yamamotosanwa gakuse-desuka

やまもと　　　　がくせい
山本さんは　学生ですか。

山本先生是學生嗎？

i-e, watashiwa gakuse-dewa arimasen

　　　　わたし　がくせい
いいえ、私は　学生では　ありません。

不，我不是學生。

核心筆記

✓ 了解以下對話內容及文法核心！

田中君は 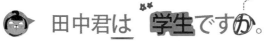 ⋯⋯⋯⋯⋯⋯⋯⋯⋯⋯⋯⋯⋯→ 表示疑問的助詞。

田中君は　学生ですか。
　　　　～助詞　　　がくせい　學生　注意漢字的發音！

はい、ぼくは　学生です。*參考 p36
是　　　　我　*參考 p37
肯定的回答　　　　　　　　　～是。
　　　　　　　　　　　　　　～だ ～的尊敬的表現

山本さんは　学生ですか。
　　　　　　　　～是嗎？

　　　　　　　　　　～不是　　*參考 p38
　　　　　　　　　＝では　ありません

いいえ、私は　学生では　ありません。
不是　　　我
否定的回答
　　　　　　　　⋯⋯→ は平常的發音是 [ha]，但是當作
　　　　　　　　　　　助詞的時候發音為 [wa]。

書寫練習

字母練習

わ wa						
は ha						
が ga						
せ se						
で de						
す su						

單字練習

watashi わたし 我			
gakuse- がくせい 學生			
desu ～です ～是			

漢字練習

 仔細熟記漢字的唸法，比觀察漢字的寫法更重要。

| 漢字 | 朗讀 | 書寫 |

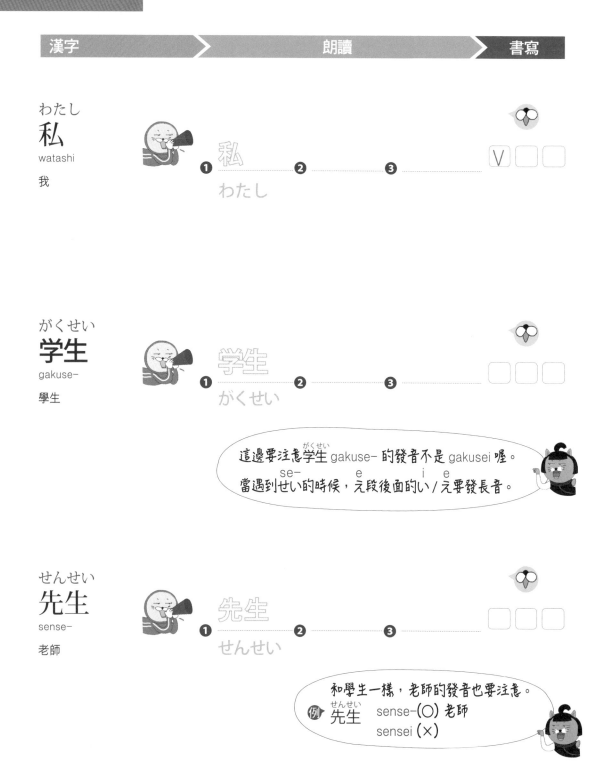

わたし
私
watashi

我

❶ 私 ❷ ┄┄┄ ❸

わたし

V ☐ ☐

がくせい
学生
gakuse−

學生

❶ 学生 ❷ ┄┄┄ ❸

がくせい

☐ ☐ ☐

這邊要注意学生 gakuse− 的發音不是 gakusei 喔。
se−   e   i   e
當遇到せい的時候，え段後面的い/え要發長音。

せんせい
先生
sense−

老師

❶ 先生 ❷ ┄┄┄ ❸

せんせい

☐ ☐ ☐

和學生一樣，老師的發音也要注意。
例 先生 sense−(○) 老師
せんせい   sensei (×)

01

たなかくんは 学生(がくせい)ですか。

tanakakunwa gakuse-desuka

田中是學生嗎?

1 ～は wa ～助詞

～は是主格助詞,日語也跟韓語一樣,會在名詞
後面加上助詞,來表示主語、賓語等等。

名詞 + ～は
名詞
～は
～助詞

2 學生的日文漢字是**學生**,平假名的寫法為**がくせい**,讀音為 gakuse-。
我們中文寫作學生,而日文簡化了寫法,變成現在的**学生**。

學生　　　　学生

中文的漢字　　　日本的漢字

3 ～です desu 是～だ da 敬語型,意思為「～是」。か是疑問助詞,我們會
在疑問句後面加上「?」,日語也一樣,他們會在句子最後面加上か表
示疑問。我們會在問句最後面加上問號「～?」,但日語是加上「。」,
並在語尾稍微提高音調。

desu　　　　ka
～です + か(↗)　～是嗎?

～是嗎?

02 はい、ぼくは 学生です。
<ruby>学生<rt>がくせい</rt></ruby>

hai, bokuwa gakuse-desu

是，我是學生。

1 はい hai 是肯定的回答，いいえ i-e 是否定的回答。

hai はい	⟷	i-e いいえ
是		不是

2 ぼく 我

ぼく boku 的漢字是僕，是男子指自己的第一人稱代名詞。而一般正式場合經常使用的第一人稱代名詞是男、女通用的わたし watashi。男子經常使用わたし、ぼく boku、俺 ore 等等，女子則經常使用わたし watashi、あたし atashi 等等。
<ruby>俺<rt>おれ</rt></ruby>

watashi
わたし 我
第一人稱代名詞

anata
あなた 你
第二人稱代名詞

	男、女共用	男性用	女性用
第一人稱 我	watashi(watakushi) わた(く)し	boku　ore ぼく・おれ	atashi あたし
第二人稱 你	anata あなた	kimi　omae きみ・おまえ	anta あんた

03

いいえ、私は 学生では ありません。

i-e, watashiwa gakuse-dewa arimasen

不,我不是學生。

---

1 〜では ありません dewa arimasen 不是〜

「〜です(是)」的否定表現為「〜では ありません(〜不是)」。親近關係使用的「〜だ(〜是)」的否定表現為「〜では ない(〜不是)」。

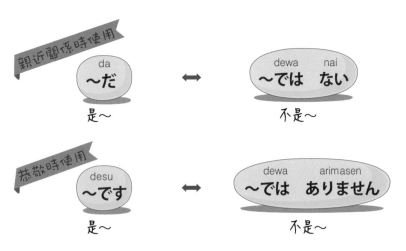

親近關係時使用

da
〜だ

⟺

dewa nai
〜では ない

是〜　　　　　　　　　　　不是〜

恭敬時使用

desu
〜です

⟺

dewa arimasen
〜では ありません

是〜　　　　　　　　　　　不是〜

---

watashiwa sense-da
- わたしは 先生だ。　　　　　　　　　　　　　我是老師。

watashiwa sense-dewa nai
- わたしは 先生では ない。　　　　　　　　　我不是老師。

watashiwa sense-dewa arimasen
- わたしは 先生では ありません。　　　　　　我不是老師。

watashiwa sense-dewa naidesu
　=　　　　　〃　　　では ないです。　　　　　　　〃

1. 請使用範例內的單字完成句子。

 範例

くん　です　たなか　か　。　は　学生^{がくせい}

田中是學生嗎？

➡ _____

2. 請將下方的句子寫成日語。

我　　是　　學生　　。

➡ _____

3. 請選出はい的相反詞。

① です　　② いいえ　　③ さん

解答　1.たなかくんは　がくせいですか。　2. わたし　は　がくせい　です　。
　　　　　　　　　　　　　　　　　　　　　　[我]　[是]　[學生]　　[.]
3. ② 不是

03 問候語

日本有各式各樣的問候語。與人見面時，會因為**早上**、**中午**、**晚上**時間的不同，有不同的問候語，道別時也可使用多種表達方式，以下為最常用的表達方式。

---

1. 你好！早安！見面時的問候語

1 早上 **おはよう。** ohayo-　　你好！早安！

早上一睜開眼和家人打招呼

孩子與父母或是兄弟姐妹間都可以用這句話互相問候。更尊敬的表達方式是**おはよう ございます** ohayo- gozaimasu。

在上學、上班途中向同學、老師、同事、主管問好

當你在上學途中遇到朋友、老師；上班途中遇到同事、保全、公車司機，都可以用這句話打招呼。

ohayo- gozaimasu
早上 **おはよう ございます。**
早安！

2　中午 **こんにちは。** konnichiwa　　午安，你好
　　晚上 **こんばんは。** kombanwa　　晚安，你好

跟早上的問候語一樣可以和很多人打招呼，但是午安和晚安的後方不能加上ございます gozaimasu。

konnichiwa
中午 **こんにちは。**
午安！

kombanwa
晚上 **こんばんは。**
晚安！

1 ありがとう。
<small>arigato-</small>

英語中 Thank you 的說法就是ありがとう arigato-。ありがとう　ござ
います arigato- gozaimasu 是更恭敬的表達方式，相當於 Thank you very
much。

2 どうも
<small>do-mo</small>

除此之外，當鄰居來分享食物的時候，問路時、別人幫你開門的時候，
或是別人幫忙撿拾錢包的時候等，在日常生活中表示感謝時，也經常使
用どうも do-mo。

3. おかえり。歡迎回來，（從學校、公司）你回來啦？歡迎回家。
<small>okaeri</small>

1 對著放學回來的孩子或是下班回來的家人，會說おかえり okaeri。

ただいま。
<small>tadaima</small>
我回來了。

おかえり。
<small>okaeri</small>
你回來啦。

2 **いらっしゃいませ。** <small>irasshaimase</small>　在商店的場合

去日本當地旅行的時候，我們最常聽到的話就是いらっしゃいませ
irasshaimase。這是在商店、餐廳、百貨公司、市場等場所，商家或店員
大聲迎接客人時說的話。

いらっしゃいませ。
<small>irasshaimase</small>

いらっしゃいませ。
<small>irasshaimase</small>

薪水都花完了…

就是說啊…

03 | 你好！

先聽一遍 ⋁ ● ● ＞ 檢查!! ● ● ● ＞ 開口說 ● ● ●

ohayo–
おはよう。 早安。 早上的問候語

konnichiwa
こんにちは。 午安。 中午的問候語

kombanwa
こんばんは。 晚安。 晚上的問候語

arigato–
ありがとう。 謝謝。

do–itashimashite
どういたしまして。 不客氣。

irasshai(mase)
いらっしゃい(ませ)。 歡迎光臨。
(在家或是商店迎接客人時的用語。)

✓ 了解以下對話內容及文法核心！

おは**よう**。
　[ha]

konnichiwa
こんにち**は**。
　　　　[wa] 當作助詞使用時

kombanwa
こん**ばん**は。
　　　　[wa] 當作助詞使用時

ん：發音為 [n, m, ŋ]
後面接 [d·n] 發音的時候 ➡ [n]
後面接 [b·m] 發音的時候 ➡ [m]
後面接 [ŋ] 發音的時候　➡ [ŋ]

ar ri ga to-
ありがと**う**。

う：要發長音
arigato(o), arigatou(x)

do- i ta sh i ma shi te
ど**う**いたしまして。

う：要發長音
跟著發音，然後吐一口氣吧！

 いらっしゃい(ませ)。

っ：平假名 [つ] 的小寫，發音類似 [tsu]。
後面接 [k, g] 發音的時候　　➡ 用 k 收尾
後面接 [b, p] 發音的時候　　➡ 用 b 收尾
後面接 [t, sh, ch] 發音的時候 ➡ 用 tsu 收尾

字母練習

| お o | | | | | | | |
| よ yo | | | | | | | |

こ ko							
に ni							
ち chi							

あ a							
い i							
う u							

單字練習

arigato-
ありがとう

謝謝

do-itashimashite
どういたしまして

不客氣

irasshai
いらっしゃい

歡迎光臨

漢字
練習

仔細熟記漢字的唸法，比觀察漢字的寫法更重要。

漢字	朗讀	書寫

こんにち
今日は
konnichiwa
午安

❶ 今日は ❷ .... ❸ ....
　　こんにちは

☑ ☐ ☐

（用於問候語的漢字，要好好記得
它長什麼樣子喔。）

こんばん
今晩は
kombanwa
晚安

今晚は
❶ .... ❷ .... ❸ ....
こんばんは

☐ ☐ ☐

1. 請選出早上與人見面時的問候語。

① おはよう。 　② こんにちは。 　③ こんばんは。

2. B 要回答 A 什麼才適當？

①こんばんは。

②いらっしゃい。

③どういたしまして。

3. 從學校或公司回來，進家門的時候要說什麼？

① いらっしゃい。 　② ただいま。 　③ どういたしまして。

4. 下列何者は的發音不同？

① おはよう。 　　② こんにちは。

③ こんばんは。 　④ 私は　学生です。

 解答 　1.①　2.③ 不客氣。　3.② 我回來了。　4.① 解説 ①是 [ha], ②③④是 [wa]

問候語　49

04 東京與京都

日本的**首都是東京**。日本是由**4個大島**和眾多小島組成的島國，面積為 378,000 k㎡，與德國、越南大小相當。日本國土大部分由山地構成，地震和火山活動頻繁、溫泉非常發達。

截至 2013 年 9 月為止，人口約為 **1 億 2727 萬**，遠遠超過台灣人口的 5 倍。

日本溫泉飯店的高級料理

4 個大島如地圖所示，北海道 hokkaidou、本州 honshu-、四國 shikoku、九州
kyu-shu-，首都東京位於本州東部。

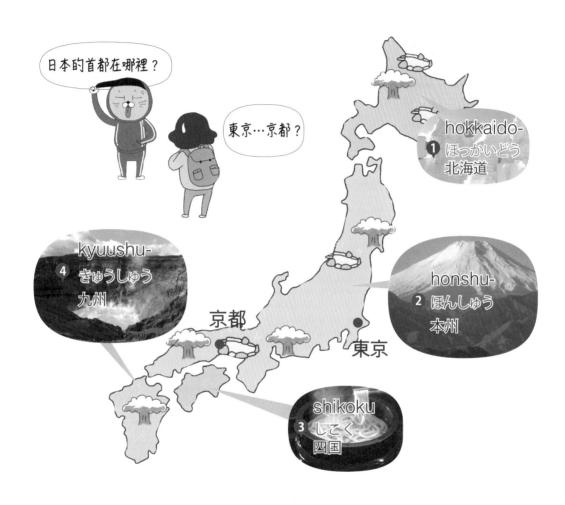

學習地名雖然比較難，但最好了解日本的主要島嶼名稱。因為這是
在旅遊、看新聞或天氣時經常出現的地區，所以要知道位置在哪裡、
漢字怎麼讀等等。

先聽一遍 ✓ ● ● ● ▶ 檢查!! ● ● ● ▶ 開口說 ● ● ●

kokowa dokodesuka
ここは　どこですか。

這裡是哪裡？　　　手指著地圖上的東京

晴空塔

to-kyo-desu
とうきょう
東京です。

是東京。

dewa, kokowa dokodesuka
では、ここは　どこですか。

那麼，這裡是哪裡？　　手指著京都

sokowa kyo-todesu
きょうと
そこは　京都です。

那是京都。

京都塔

核心筆記

✓ 了解以下對話內容及文法核心！

* 參考 p56   * 參考 p57
ここは　どこですか。
這裡　　哪裡

東京です。
東京行政上分為 23 個區。
道廳位於新宿區。

日本的首都とうきょう
人口約 1,330 萬 (2014)

では、ここは　どこですか。

＝じゃ　那、那麼

そこは　京都です。
那裡

京都：經濟、文化、
旅遊的中心地。

日本舊首都きょうと
人口約 1,460 萬 (2014)

* 參考 p58

TRACK **04**

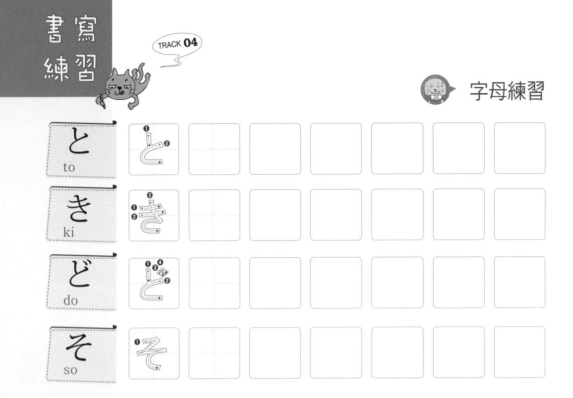

と to						
き ki						
ど do						
そ so						

單字練習

koko ここ 這裡			
doko どこ 哪裡			
soko そこ 那裡			

仔細熟記漢字的唸法，比觀察漢字的寫法更重要。

漢字 ▶ 朗讀 ▶ 書寫

とう きょう
東京
to-kyo-

東京

❶ 東京 ❷ ❸
とう きょう

☑ ☐ ☐

きょうと
京都
kyo-to

京都

❶ 京都 ❷ ❸
きょうと

☐ ☐ ☐

東京和京都的漢字中都有 京 字，
好好注意京字的寫法吧！

<京都的龍安寺>

東京與京都 55

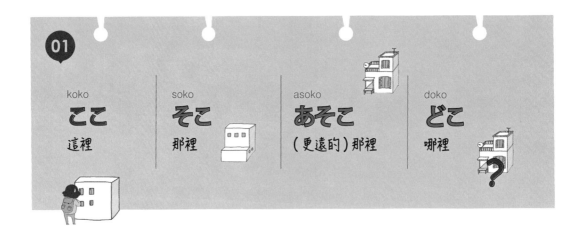

01

koko
ここ
這裡

soko
そこ
那裡

asoko
あそこ
(更遠的)那裡

doko
どこ
哪裡

離我最近的時候用**こ**，離我稍遠的時候用**そ**，離我更遠的時候用**あ**，疑問句則是用**ど**。

ここは どこ。
kokowa doko
這裡是哪裡？

そこは 大阪。
sokowa o-saka
那裡是大阪。

おおさかじょう
大阪城 o-sakajo-

大阪城是我們熟知的豐臣秀吉 (toyotomihideyoshi) 於 1583 年在大阪建造的城，帶有金箔瓦片和金飾的天水閣因美麗的櫻花而成為有名的觀光勝地。

1 **どこですか** 是哪裡？

どこ　　　　です　　　　か。
哪裡　　　　是　　　　（表示疑問)?

どこ是「哪裡」的意思，相當於英文的 where。

toirewa　　　dokodesuka
• トイレは　どこですか。　　　　　　洗手間在哪裡？

　　　　　　ni　　arimasuka
＝　　　〃　　に　ありますか。　　洗手間在哪裡?

▶▶ トイレ toire　洗手間、廁所

2 **では** 那麼

では　＝　じゃ　　那麼
dewa　　　ja

では是「那麼」的意思，在轉換話題的時候使用。口語上則經常使用じゃ。

02

きょうと
京都　　京都

<京都　祇園祭>

西元 794 年至 1868 年間約 1000 年，日本以京都為首都。京都位於本州西側中央，也是日本西側的中心。它是世界著名的旅遊景點，也是悠久的傳統城市。

靠近京都的大阪、神戶三個城市為日本西側經濟中心，這些地區統稱関西地區，以東京為中心的東部地區被稱為関東地區。

這個地區的人使用關西方言，不過我們學習的標準語也可以和他們對話，所以首先要以東京為中心的標準語為基礎進行學習。

<京都　清水寺>

京都有 17 座建築被指定為世界文化遺產，其中世界著名的清水寺可以俯瞰整個京都市。

1. 請看下圖，日本的首都在哪裡？

① 京都　② 大阪　③ 東京

2. B 要回答 A 什麼才適當？

Ⓐ ここは　どこですか。
kokowa dokodesuka

Ⓑ (　　　　　　)

① <ruby>東京<rt>とうきょう</rt></ruby>です。

② いらっしゃい。

③ <ruby>学生<rt>がくせい</rt></ruby>です。

3. A 和 B 的答案分別是什麼？

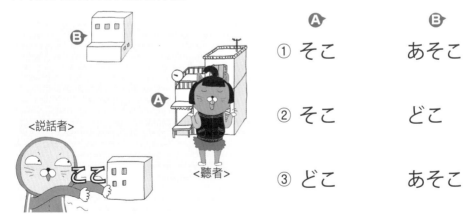

	Ⓐ	Ⓑ
①	そこ	あそこ
②	そこ	どこ
③	どこ	あそこ

解答　1. ③　2. ①　3. ①　解說 離說話者最近的地方是 [ここ], 離聽者最近的地方是 [そこ]，離兩個人都有段距離的地方是 [あそこ]。

05 日本飲食

日本的家常飯與台灣相似，基本上早餐、午餐、晚餐的主食皆以米飯為主，在日本會搭配味噌湯、烤魚、雞蛋卷、冷豆腐、青菜、海苔、納豆等，以這些菜色為基本，再依各家庭的喜好加上蔬菜、牛肉、豬肉、雞肉、生魚片、咖哩等食物。

小孩子也很喜歡義大利麵或漢堡等菜色。

日本的湯匙和筷子大部分是用木頭做的，飯是用筷子吃，湯直接以碗就口喝，
因為吃飯時不使用湯匙，所以拿著飯碗或湯碗是理所當然的，並沒有違背禮儀。

先聽一遍 V ● ● ➤ 檢查!! ● ● ● ➤ 開口說 ● ● ●

korewa nandesuka

これは　何^{なん}ですか。

これは　何ですか。

這是什麼？

gohandesu

ご飯^{はん}です。

這是白飯。

dewa korewa nandesuka

では、これは　なんですか。

那麼，這是什麼？

sorewa misoshirudesu

それは　味噌汁^{み そ しる}です。

那是味噌湯。

✔ 了解以下對話內容及文法核心！

* 參考 p66　* 參考 p67

これは　何ですか。

これは 這個

なん 什麼

ご飯です。　* 參考 p68

ご：讓對話更加柔和
自然的接頭詞

はん 飯

～是

では、これは　なんですか。

是

それは　味噌汁です。

那個

みそ 味噌汁

しる 湯

＋

＝ 味噌湯

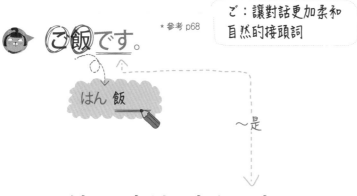

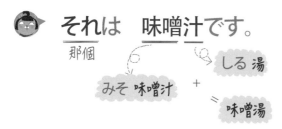

TRACK **05**

字母練習

れ re						
ご go						
は ha						
み mi						
し shi						
る ru						

單字練習

kore これ　這個			
sore それ　那個			
gohan ごはん　飯			

漢字練習

仔細熟記漢字的唸法，比觀察漢字的寫法更重要。

漢字	朗讀	書寫

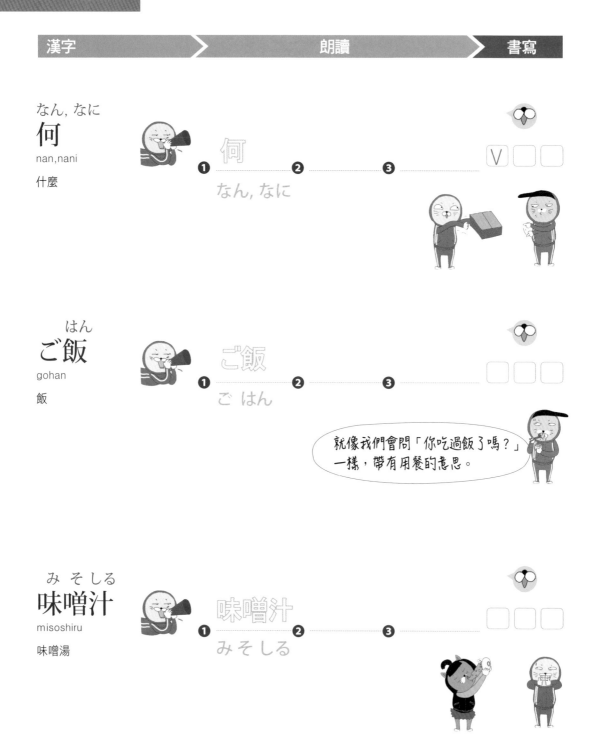

なん, なに
何
nan,nani

什麼

① 何 ② ③

なん, なに

[V] [ ] [ ]

はん
ご飯
gohan

飯

① ご飯 ② ③

ご はん

就像我們會問「你吃過飯了嗎？」一樣，帶有用餐的意思。

み そ しる
味噌汁
misoshiru

味噌湯

① 味噌汁 ② ③

みそしる

文法講解

01

| kore
これ
這個 | sore
それ
那個 | are
あれ
（更遠的）那個 | dore
どれ
哪個 |

前一課已經講解過こ ko・そ so・あ a・ど do 的用法，現在一起來了解用同一脈絡來指事物的指示代名詞。

これ kore 相當於英文的 this，意思是這個，用來指稱與我相近的物品。當用これ kore 詢問的時候，一般都用それ sore 回答。

これは 何。
korewa nani
這是什麼？

つ　もの
漬け物。
tsukemono
這是漬物（醬菜）。
（先把眼屎清乾淨再說吧。）

つ　もの
漬け物 tsukemono 漬物(醬菜)

用鹽和醋、味噌將小黃瓜、蔬菜等蔬果醃漬起來，是日本食譜中最基本的菜餚。
主要的醃漬物有小黃瓜、白蘿蔔、梅子、牛蒡、紅蘿蔔等，口感微辣、帶點酸甜的味道。

なん
何＋です＋か
nan　desu　ka

那是什麼？

なん nan・なに nani 是什麼、幾(個)的意思，相當於英語的 what。

何
❶ なん nan
❷ なに nani

什麼、幾(個)

なん nan なに nani 是什麼、幾(個)的意思。

漢字何的讀法是なん和なに兩種，通常的讀法是なに，但有時根據後面接的文字，讀法會變成なん。

何的讀法為なん的時候

後面接的字頭是[n,d,t] 發音時

nandesuka

・**なん**ですか。

是什麼？

以[d]開頭的字母

後面接量詞的時候

nanjidesuka

・**なん**じですか。
時　時間量詞

現在幾點？

時：表示時間的量詞

03

ご + **飯** 飯
go   han

日語中，在單詞前面加上**お** o・**ご** go 表達對對方的**敬重或尊敬**之意。另外，也會使對話更順暢、更柔和，這是經常出現的詞語，要好好記住。

加 ご 的場合

goju-sho
じゅうしょ
ご住所   地址

加 お 的場合

onamae
なまえ
お名前   姓名

去日本旅遊的時候，抵達飯店等住宿設施的時候，
需要填寫住宿資料，基本上要寫姓名、地址等資料。

04

みそ 味噌 + **汁** 湯
miso   shiru

味噌是指味噌，**汁**是指湯，合在一起就是味噌湯。日語會像這樣將單詞和單詞結合起來，製造一個新單詞。台灣也有很多地方賣日本的味噌，日本人在喝味噌湯時會先用筷子攪動一至兩次，然後捧著碗直接喝。

練習題

1. 請看下圖，( )內填入哪個字最適當？

範例　( ) 住 所　じゅう しょ　　①お　②ご　③と

2. ( )內填入哪個字最適當？

A これは ( )ですか。

B ご飯です。はん

①どこ

②なん

③では

3. 下列劃有底線的漢字，何者讀法與其他的不同？

① 何ですか。

② 何色ですか。

③ 何時ですか。

 解答　1.②　2.②　3.② 解說 ①,③是[なん],②是何色[なにいろ]

點餐

在日本也可以像在台灣一樣享受出外用餐的樂趣，美味的餐廳或是歷代傳承的店家經常大排長龍。職人用心親手製作的食物，不但美味，外觀也很精美，受到很多人的喜愛。

簡單可以代替正餐的食物有炸物、咖哩、義大利麵、丼飯、蕎麥麵、烏龍麵、壽司、(車站)便當、拉麵、漢堡等等。

由服務生點餐的餐廳，或是在網路購買餐券後點餐的餐廳，這些點餐方法都和台灣相似。

06 | 今天推薦的午飯是什麼？

TRACK 06

先聽一遍 ✔ ● ● ● ➤ 檢查!! ● ● ● ➤ 開口說 ● ● ●

irasshaimase
いらっしゃいませ。
歡迎光臨。

menyuwo do-zo
メニューを　どうぞ。
請看菜單。　把菜單遞給客人

e-, kyo-no osusumeno ranchiwa nandesuka
えー、今日の　おすすめの　ランチは　何ですか。
きょう　　　　　　　　　　　　　　　　なん
嗯…今天推薦的午飯是什麼？

hai, tempurano te-shokudesu
はい、てんぷらの　定食です。
ていしょく
是，天婦羅定食。

dewa, sore ninimmae kudasai
では、それ　2人前　ください。
に にん まえ
那麼，請給我2人份。

✓ 了解以下對話內容及文法核心！

いらっしゃい**ませ**。

> 動詞
> → **いらっしゃる** 來、去、在的活用形
> *在商店使用時，會在語尾加上**－ませ**。

*參考 p78
メニューを
menu
的片假名

どうぞ。
請看、請收下、請進...等等

> りょうり
> → **おすすめの** 料理 推薦的菜色

えー、今日の **おすすめの** **ランチ**は　何ですか。
　　　今天　　お勧め 推薦　　　lunch 的片假名
*參考 p77　　　　　　　　　　　*參考 p78

はい、**てんぷらの**　定食です。
　　　天婦羅(炸物)定食

では、それ　**2人前**　**ください**。
　　　　　2人份　　請給我 = 下さい
*參考 p78　　　*參考 p79

TRACK **06**

字母練習

ら ra	ら						
しゃ sya	しゃ						
ぞ zo	ぞ						
え e	え						
きょ kyo	きょ						
め me	め						
ぷ pu	ぷ						
だ da	だ						

單字練習

menyu メニュー 菜單			
ranchi ランチ lunch 午餐			
kudasai ください 請給我			

仔細熟記漢字的唸法，比觀察漢字的寫法更重要。

漢字	朗讀	書寫

きょう
今日
kyo-
今天

❶ 今日 ❷ ❸ ✓ ☐ ☐
きょう

ていしょく
定食
te-shoku
定食

❶ 定食 ❷ ❸ ✓ ☐ ☐
ていしょく

～にんまえ
～人前
～nimmae
～人份

❶ ～人前 ❷ ❸ ✓ ☐ ☐
～にんまえ

01

メニューを どうぞ。

menyuwo do-zo

請看菜單。

メニュー菜單是英語 menu 的片假名，想要強調是英語外來語的時候，會使用片假名來標記。一起熟記經常出現的片假名吧！

1 **〜を** 〜助詞

　〜を是目的格助詞，作為助詞使用。

名詞 + **〜を** wo

2 **どうぞ** do-zo 請收下、請過來、請説、請吃、請進

　どうぞ後面的話通常會省略，可以表示多種意思。因為是常用的表達，所以每次出現的時候，要好好了解當時的意思。

請收下、請過來、請說、請吃、請進等等，具有勸誘的意思。

kochirahe do-zo
● こちらへ どうぞ。

　請往這邊走。

02 きょう
今日の　おすすめの　ランチ　今天推薦的午飯是什麼？
kyo-no osusumeno ranchi

おすすめ

1 今日的意思是「今天」，お勧め是「推薦」的意思。商店或是餐廳經常會推薦當日特別提供的商品，就會以此方式呈現。

昨日
kino-
きのう
昨日

今日
kyo-
きょう
今日

明日
ashita
あした
明日

2 〜の 〜的

〜の 的意思為「〜的」，它是連接名詞和名詞的助詞，不需要特意去解釋它。如果遇到專有名詞的時候，不會使用〜の作連接。

名詞　＋　no 〜の　＋　名詞
〜的

東京大学　東京大學

tempurano te-shoku
ていしょく
• てんぷらの　定食

天婦羅定食

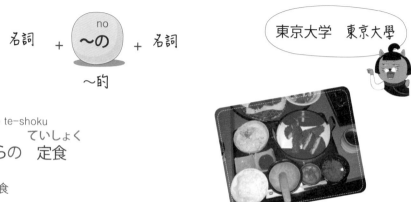

3 **ランチ** 午餐、午飯

ランチ ranchi 是英語 lunch 的片假名，意思為**午餐**。日語的說法為**昼ご**
飯 hirugohan，是 （中午、白天）+ **ご飯** (飯、餐) 兩個單字結合而成。
日語會像這樣把外來語用日語方式發音，並且用片假名來標示。

ko-hi
コーヒー
coffee 咖啡

kimuchi
キムチ
泡菜

pan
パン
pão 麵包

terebi
テレビ
television
電視 / TV

menyu-
メニュー
menu 菜單

kombini
コンビニ
convenience store
便利商店

03

に にん まえ
2人前　　2人份

你也可以說 1 人分 hitoribun，
2 人分 futaribun。

這是在餐廳點餐時常用的詞語，**前**單獨使用的話是「**前面、先**」的意思，和
數字一起使用的話，則表示〜人份的意思。

ichinim mae
1人前 いちにんまえ
1人份

ninim mae
2人前 ににんまえ
2人份

04

ください　　　請，拜託

kudasai

ください也可以寫成「下さい」，用來接在動詞或名詞之後，是相當重要的文法。

ください是動詞くださる kudasaru 的變化型，後面的課文將介紹詳細的文法，現在只要記住它的意思即可。

名詞 ＋ を ＋ kudasai ください　　請給我～

kono kudamonowo kudasai

• この　くだものを　ください。

請給我這個水果。

▶▶ くだもの (果物) kudamono 水果

この　くだものを　ください。

喂！我不是老板啊！

soba　そば　蕎麥麵

udon　うどん　烏龍麵

たまごやき　卵焼き　玉子燒 tamagoyaki

や　とり　焼き鳥　串燒 yakitori

や　すき焼き　壽喜燒 sukiyaki

ra-men　ラーメン　拉麵

shabushabu　しゃぶしゃぶ　涮涮鍋

okonomiyaki　おこのみやき　大阪燒

(將肉切成薄片，放入火鍋涮來吃)

1. 請看下圖，( ) 內填入哪個字最適當？

Ⓐ メニューを (　　　　)。
（遞送菜單）

Ⓑ はい。

① どうも
② どうぞ
③ ください

2. 請按照時間順序，在 ( ) 內填入適當的單字。

(　　　) 　　 きょう 　　 (　　　)
昨天 　　　　 今天 　　　　 明天

① あした, きのう
② あさって, あした
③ きのう, あした

3. 下列何者與劃底線單字的意思相同？

それ <u>2人前</u> ください。

（請給我 2 人份）

① いちにんまえ
② ひとりぶん
③ ふたりぶん

 解答　　1. ②　2. ③　解説 >あさって 後天　3. ③

07 大阪的春天_賞櫻

哪些是花，哪些是人，你分不出來吧？

不會…明明可以分得很清楚啊？

啦啦～啦啦～

天氣真好，唱首歌吧～

等等～冷靜一點好嗎？

東京、大阪、京都等全國各地一到春天，
大家都會去花見 hanami 賞花。

桜狩り sakuragari 是觀賞**櫻花**的意思，日本會在盛開的櫻花樹下方鋪上涼蓆，
大家聚在一起喝酒、吃飯、唱歌、觀賞櫻花，或是舉行慶典。

花見 hanami 是賞花的意思，經常
用來表示賞櫻。

雖然全球暖化導致出現異常氣候，但東京和大阪等地區大致上分為春haru 春季 3~5 月，夏natsu 夏季6~8 月，秋aki 秋季9~11 月、冬fuyu 冬季12~2 月。

<大阪的春天>

<東京的夏天>

はる
春 haru

なつ
夏 natsu

しき
四季
shiki

ふゆ
冬 fuyu

あき
秋 aki

<北海道的冬天>

<京都的秋天>

日本四季分明，國土南北延伸。北方的北海道冬天長，而南方的沖繩則是夏季較長。

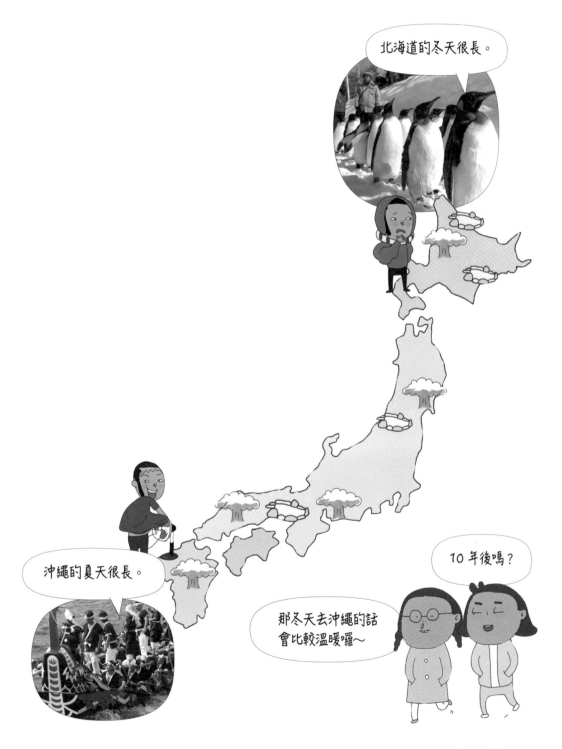

北海道的冬天很長。

沖繩的夏天很長。

10年後嗎？

那冬天去沖繩的話會比較溫暖囉～

TRACK **07**

先聽一遍 **V** ● ● ● ▶ 檢查!! ● ● ● ▶ 開口說 ● ● ●

o-sakano kisetsuwa do-desuka
おおさか　　きせつ
大阪の　季節は　どうですか。
大阪的季節怎麼樣？

haru, natsu, aki, soshite fuyuno yottsuno kisetsuga arimasu
はる　なつ　あき　　　　ふゆ　よっ　　きせつ
春、夏、秋　そして　冬の　4つの　季節が　あります。
有春、夏、秋、以及冬四個季節。

dewa o-sakano harumo atatakaidesuka
おおさか　　はる
では、大阪の　春も　あたたかいですか。
那麼，大阪的春天也很溫暖嗎？

so-so-　　　　　　atatakaidesu
そうそう。あたたかいです。
是啊，是啊，很溫暖。

mo-sugu hanamidokidesuyo
はな　みどき
もうすぐ　花見時ですよ。
賞花時節就快要到了。

ミカ老師與作者的有趣講座！

核心筆記

✓ 了解以下對話內容及文法核心！

大阪の 季節は どうですか。
*參考 p90
～的　　　　　　怎麼樣、如何？　　用來詢問狀態

春、夏、秋 そして 冬の 4つの 季節が あります。
以及、還有　　よっつ　　有～
動詞 ある 的敬語型
*參考 p91

では、大阪の 春も あたたかいですか。
*參考 p93
～也　　溫暖 ＋ ～嗎？
＝
溫暖嗎？

そうそう。あたたかいです。

もうすぐ 花見時ですよ。
*參考 p94　　どき 時候，時期
即將、快要　　花見＋時 賞花時節

TRACK 07

字母練習

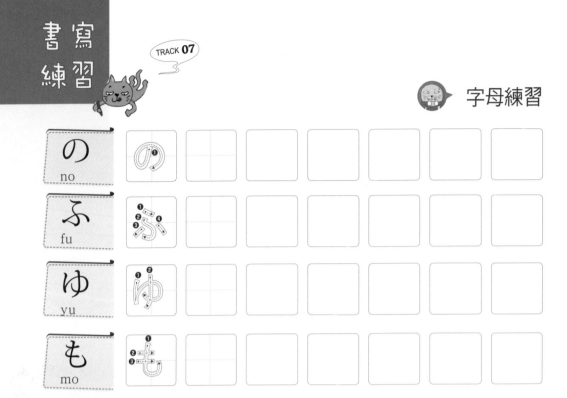

の no							
ふ fu							
ゆ yu							
も mo							

單字練習

yottsu よっつ 4個、4			
atatakai あたたかい 溫暖			
so- そう 是			
mo-sugu もうすぐ 即將、快要			

仔細熟記漢字的唸法，比觀察漢字的寫法更重要。

漢字	朗讀	書寫

はる
春 haru
春季
 ❶ 春 ❷ ❸
はる
☑ ☐ ☐

なつ
夏 natsu
夏季
❶ 夏 ❷ ❸
なつ
☑ ☐ ☐

あき
秋 aki
秋季
❶ 秋 ❷ ❸
あき
☑ ☐ ☐

ふゆ
冬 fuyu
冬季
❶ 冬 ❷ ❸
ふゆ
☑ ☐ ☐

はな み
花見 hanami
賞花、賞櫻
❶ 花見 ❷ ❸
はな み
☑ ☐ ☐

とき
時 toki
時節、時期、時候
❶ 時 ❷ ❸
とき
☑ ☐ ☐

01

おおさか　きせつ
大阪の季節　大阪的季節
o-sakano kisetsu

四季的日文是四季。

季節 的讀音是きせつ kisetsu，分為四個季節。

haru
はる
春

natsu
なつ
夏

しき
四季
shiki

fuyu
ふゆ
冬

aki
あき
秋

1 **〜の** 〜的

〜の 在第6課時學習過，當前面名詞指定後面名詞的時候，の的意思為「〜的」。

名詞 ＋ **no 〜の** ＋ 名詞
〜的

如果要特別指定哪裡的春天時，就要加上の。

o-sakano haru
はる

• おおさかの 春　大阪的春天

02

〜が あります。　　　有〜
ga arimasu

名詞 + ga が + arimasu あります。　　有〜

助詞

1 〜が 助詞　　　〜が是主格助詞。

> 第4課學到另一個主格助詞〜は，
> 比較一下兩者有什麼不同吧！

2 あります 有

あります是ある較恭敬的表達方式，用來表示事物或植物等無法自主移動的東西。相反詞是ありません 沒有。

aru ある + masu ます → arimasu あります

有　　　〜尊敬語尾　　　有

- ここに　本が　あります。　　　　　這裡有書。
  ほん
  kokoni honga arimasu

- ここに　本は　ありません。　　　　這裡沒有書。
  ほん
  kokoni honwa arimasen

春も　あたたかいですか。 春天也溫暖嗎？

はる
harumo atatakaidesuka

1 〜も 〜也

〜も為助詞，意思是「也」。用來表示相同種類的事物或是強調語氣。

名詞 ＋  〜也

くん　　がくせい
• きむら君は　学生です。 木村是學生。
kimurakunwa gakuse-desu

がくせい
⟶ わたしも　学生です。 我也是學生。
watashimo gakuse-desu

2 あたたかいですか atatakaidesuka　溫暖嗎？

あたたかい為形容詞，意思是「溫暖」。形容詞用來說明事物的性質、模樣、狀態等等，後面會再加上單字。基本上形容詞都是以い結尾，因此又稱為い形容詞。

い形容詞的基本型與意義

い形容詞的基本型與意義

TRACK **07**

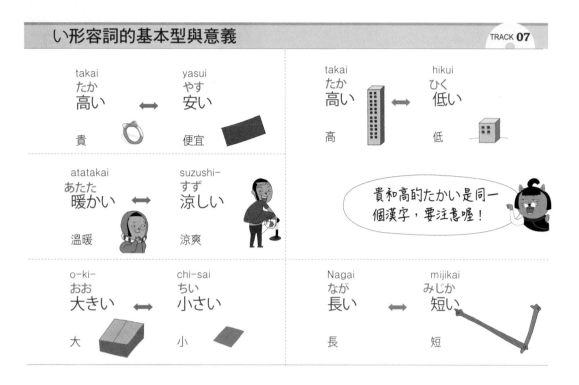

takai たか 高い	yasui やす 安い	takai たか 高い	hikui ひく 低い
貴	便宜	高	低
atatakai あたた 暖かい	suzushi- すず 涼しい		
溫暖	涼爽		
o-ki- おお 大きい	chi-sai ちい 小さい	Nagai なが 長い	mijikai みじか 短い
大	小	長	短

> 貴和高的たかい是同一個漢字，要注意喔！

い形容詞的基本型加上 - です就變成**敬語型**。如果在陳述句或敬語型後面加上「～か」即是疑問句，此時尾音的讀音語調要稍微上揚。

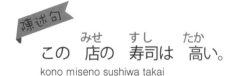

陳述句

この　店の　寿司は　高い。
kono miseno sushiwa takai

這間店的壽司很貴。

敬語型

この　店の　寿司は　高いです。
kono miseno sushiwa takaidesu

這間店的壽司很貴。

疑問句

この　店の　寿司は　高いですか。
kono miseno sushiwa takaidesuka

這間店的壽司很貴嗎？

04 もうすぐ　花見時ですよ。 賞花時節就快要到了。
はな み どき
mo-sugu hanamidokidesuyo

1 もうすぐ mo-sugu 即將、快要

這是會話中經常出現的表達方式，雖然辭典中可以找到同樣意思的單字，但根據情況不同，有時候也會使用**まもなく** 不久、即刻這個詞。

- まもなく　電車が　まいります。　　　　電車即將進站。
  でんじゃ
  mamonaku denshaga mairimasu

2 花見時 hanamidoki 賞花時節

花見是**賞花、賞櫻**的意思，**時**是**時期、時候**的意思。當單字與另一個單字結合的時候，**とき** toki 的發音會變成**どき** doki。

はな　み　どき
花 ＋ 見 ＋ 時
花　　看　　時期、時候

見是動詞見る的名詞型態，詳細文法將在後面課程介紹。

3 〜よ yo 緩和、加強語氣

〜よ加在句尾，當我們告訴對方不知道的情報或是表示自己主張的時候，經常使用這個語法。

- これは　本物ですよ。　　　這個(東西)是真的。
  ほんもの
  korewa hommonodesuyo

▶▶ ほんもの (本物) hommono　真的、真品

練習題

1. 請看下圖，( ) 內填入哪個字最適當？

Ⓐ 京都の 夏は ( )ですか。

Ⓑ あついですよ。

①なん

②いつ

③どう

2. 請按照順序，在 ( ) 內填入適當的單詞。

あつい 夏天

(Ⓐ) 春天

(Ⓑ) 秋天

さむい 冬天

Ⓐ　　　　Ⓑ

①あたたかい, すずしい

②すずしい,　むしあつい

③すずしい,　あたたかい

3. 下列何者與範例中劃底線單字的讀音相同？

範例 花見時　　　① 何時　　　② 時々　　　③ 時々

解答　1. ③ 單字 あつい 熱　 2. ① 單字 すずしい 涼爽 / さむい 冷

3. ③ 花見時 [はなみどき] 單字 何時 [なんじ], 時々[ときどき]

08 家族

台灣與日本不僅在地理位置上相近，在很多方面也有相似之處。其中，高齡化社會和低出生率問題也是相同的困擾。

日本比台灣更早成為**高齡化**社會，預計到 2020 年，每 3 人中就有 1 人超過 65 歲。因此出現了各種社會問題和解決方法，我們必須想辦法應對超高齡化社會。

天氣真好～

1 さとり世代 達觀世代 ゆとり世代 寬鬆世代

達觀世代是指不想找工作，也不打算交朋友，只想獨自一人生活的年輕世代。

你知道さとり世代是什麼嗎？

是指出生在 90 年代的人，因為出生在長期蕭條時代，沒有夢想、沒有錢、不去旅行，也沒有結婚或戀愛慾望的人。剛好就是你的年齡吧？

寬鬆世代的**ゆとり**是餘裕、寬裕的意思，是指接受寬鬆教育的世代，為 1987 年至 1999 年間出生的世代。寬鬆教育的宗旨是不進行生硬的教育，而是透過體驗學習等方式進行教育，結果出現了學歷低下等其他社會問題。

2 少子化 少子化

日本的人口在急速變老，但另一方面，因為出生率過低，所以少子化問題非常嚴重。

我吃那麼多都是為了生育在補充體力！

08 | 家裡有幾個人？

先聽一遍 ✔ ● ● ▶ 檢查!! ● ● ● ▶ 開口說 ● ● ●

yamadasanno gokazokuwa nannindesuka

やまだ
山田さんの　ご家族は　何人ですか。
かぞく　なんにん

山田先生的家裡有幾個人？

bokuwa yonin kazokudesu

よにん　かぞく
ぼくは　4人　家族です。

我家有 4 個人。

goryo-shinmo imasuka

りょう しん
ご両親も　いますか。

父母親也在嗎？

i-e kanaito futagoga imasu

か ない　ふた ご
いいえ、家内と　双子が　います。

不，有我的妻子和雙胞胎。

urayamashi-desune watashiwa hitorigurashidesu

ひとりぐら
うらやましいですね。わたしは　1人暮しです。

真羨慕。我是一個人生活。

✓ 了解以下對話內容及文法核心！

*參考 p106~107

山田さんの ご家族は 何人ですか。

→ご＋家族
家族
幾人

❀よん人にん *參考 p102~104

ぼくは 4人 家族です。

4人

→ 注意讀音是よにん yonin！

*參考 p105

ご両親も いますか。

→ご＋両親
父母親

いる 的敬語型
*參考 p108

いいえ、家内と 双子が います。

妻子　　雙胞胎
*參考 p106~107
～和

*參考 p110　表示同意或決心的助詞　*參考 p109

＝一個人住的意思

うらやましいですね。 わたしは 1人暮しです。

羨慕　　＋(肯定)

ひとり
ぐら
暮す 暮す 的名詞型

TRACK 08

字母練習

や ya	や					
く ku	く					
ぼ bo	ぼ					
ね ne	ね					
ひ hi	ひ					
り ri	り					

單字練習

男性指自己

boku ぼく 我			
imasu います 有、在			
urayamashi– うらやましい 羨慕			
hitori ひとり 一人、獨自			

漢字練習

 仔細熟記漢字的唸法，比觀察漢字的寫法更重要。

TRACK **08**

漢字	朗讀	書寫

か ぞく
家族 kazoku
家族

❶ 家族　　❷ ----　　❸ ----
か ぞく

☑ ☐ ☐

なん にん
何人 nannin
幾個人

❶ 何人　　❷ ----　　❸ ----
なん にん

☑ ☐ ☐

りょうしん
両親 ryo-shin
雙親、父母

❶ 両親　　❷ ----　　❸ ----
りょう しん

☑ ☐ ☐

か ない
家内 kanai
妻子

❶ 家内　　❷ ----　　❸ ----
か ない

☑ ☐ ☐

ふた ご
双子 futago
雙胞胎

❶ 双子　　❷ ----　　❸ ----
ふた こ

☑ ☐ ☐

くら
暮し kurashi
生活

❶ 暮し　　❷ ----　　❸ ----
くら

☑ ☐ ☐

文法講解

01 4人 家族
よにん かぞく
yoninkazoku

四人家族

1 日本表示家族數量的方式為～人 家族，和中文的語序相同，我們一起記住吧！

數字人 + 家族 + です。
にん　　　　かぞく

（家族）人數　　　家族。(=～人家族)

2 算人數的時候，數字放在人之前，如果只有1、2個人的時候，說法則是ひとり・ふたり。*請參考第6單元 點餐

數字+ 人
にん

1人	2人	3人	4人	5人
hitori	futari	sannin	yonin	gonin
ひとり	ふたり	さんにん	よにん	ごにん
1個人	2個人	3個人	4個人	5個人

除了算人數的單位之外，在數字後面加上不同單位，就代表不同含義。

數字

一起來學算數吧！

數字 4、7、9 的讀法有 2 種，要好好記住喔。

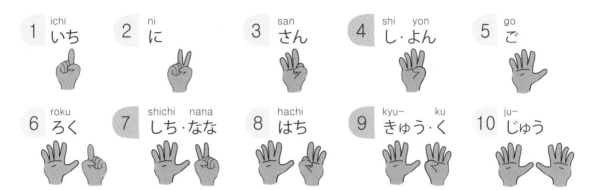

| 1 ichi いち | 2 ni に | 3 san さん | 4 shi yon し・よん | 5 go ご |
| 6 roku ろく | 7 shichi nana しち・なな | 8 hachi はち | 9 kyu- ku きゅう・く | 10 ju- じゅう |

從 11 開始，讀法以 10+1、10+2 的方式，10 再加上數字的方式讀就可以了。

11 ju-ichi じゅういち	12 ju-ni じゅうに	13 ju-san じゅうさん	14 ju-shi じゅうし ju-yon じゅうよん	15 ju-go じゅうご
16 ju-roku じゅうろく	17 ju-shichi じゅうしち ju-nana じゅうなな	18 ju-hachi じゅうはち	19 ju-kyu- じゅうきゅう ju-ku じゅうく	20 niju- にじゅう
30 sanju- さんじゅう	40 shiju- しじゅう yonju- よんじゅう	50 goju- ごじゅう		

這邊的讀法只要在 3、4、5 後面加上 10 就可以囉。100 是ひゃく（百），1,000 是せん（千），10,000 是まん（万）。

| 60 rokuju- ろくじゅう | 70 shichiju- しちじゅう nanaju- ななじゅう | 80 hachiju- はちじゅう | 90 kyu-ju- きゅうじゅう kuju- くじゅう | 100 hyaku ひゃく |

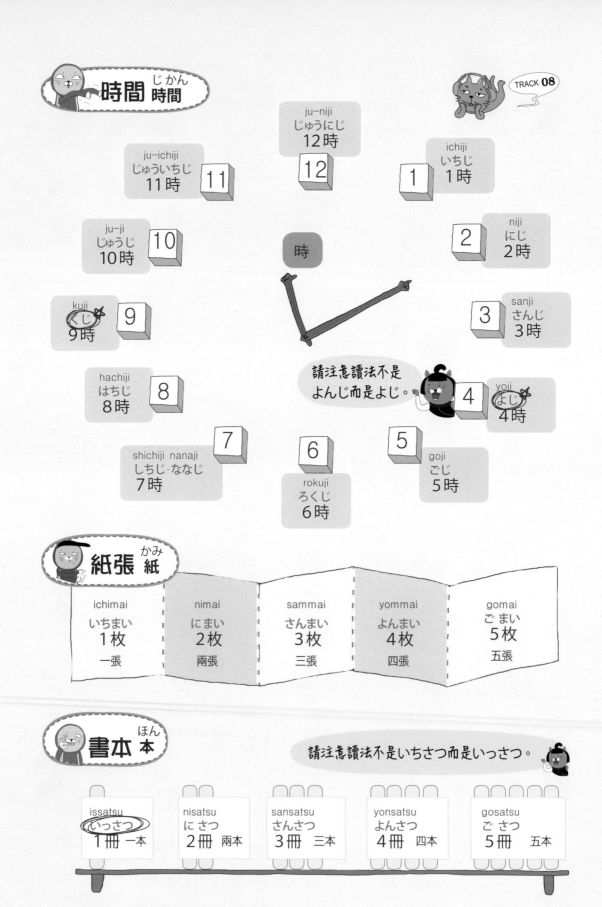

時間 じかん 時間

TRACK 08

ju-niji
じゅうにじ
12時
12

ju-ichiji
じゅういちじ
11時
11

ichiji
いちじ
1時
1

ju-ji
じゅうじ
10時
10

時

niji
にじ
2時
2

kuji
じ
9時
9

sanji
さんじ
3時
3

hachiji
はちじ
8時
8

請注意讀法不是
よんじ而是よじ。

yoji
よじ
4時
4

shichiji nanaji
しちじ・ななじ
7時
7

rokuji
ろくじ
6時
6

goji
ごじ
5時
5

紙張 かみ 紙

ichimai
いちまい
1枚
一張

nimai
にまい
2枚
兩張

sammai
さんまい
3枚
三張

yommai
よんまい
4枚
四張

gomai
ごまい
5枚
五張

書本 ほん 本

請注意讀法不是いちさつ而是いっさつ。

issatsu
いっさつ
1冊 一本

nisatsu
にさつ
2冊 兩本

sansatsu
さんさつ
3冊 三本

yonsatsu
よんさつ
4冊 四本

gosatsu
ごさつ
5冊 五本

ご両親も　いますか。　父母親也在嗎？

りょうしん

1 **ご両親** goryo-shin　(對方的)父母親

稱呼對方家人時，用**お・ご**來表示尊敬，但是提到自己的家人時，則不加**お・ご**。

mo
〜も ＋ imasuka
いますか。

〜也　　　在嗎？

詳細的家庭稱呼請參考後面的頁面。

goryo-shinwa ogenkidesuka
りょうしん
- **ご両親は　おげんきですか**　　您的父母(身體)好嗎？

okagesamade futaritomo genkidesu
→ **おかげさまで、ふたりとも　げんきです。**

託您的福，兩位都很好。

tanakasanwa one-sanga imasuka
たなか　　　ねえ
田中さんは　お姉さんが　いますか。

田中先生有姐姐嗎？

hai anega futari imasu
あね　ふたり
はい、姉が　二人　います。

有，我有兩個姐姐。

ねえ　　　　　　　　　　あね
稱呼對方的姐姐是**お姉さん**，稱呼自己的姐姐則是**姉**。

家族　105

對方的家族

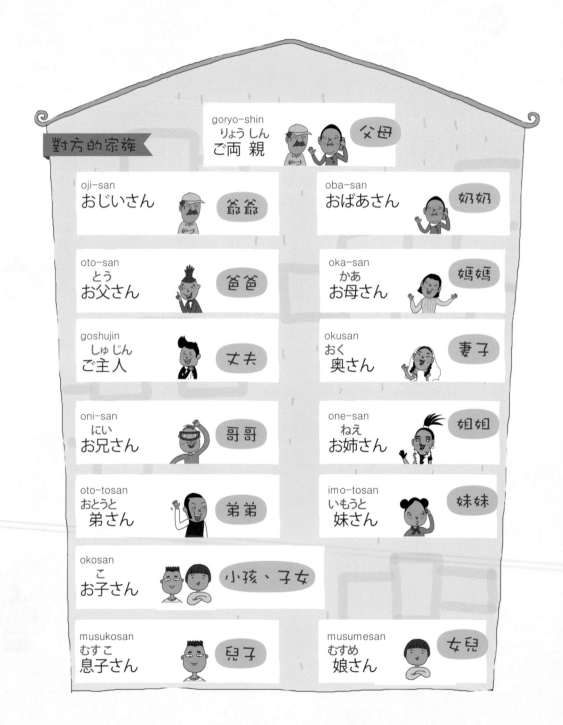

對方的家族

goryo-shin
りょうしん
ご両親　父母

oji-san
おじいさん　爺爺

oba-san
おばあさん　奶奶

oto-san
とう
お父さん　爸爸

oka-san
かあ
お母さん　媽媽

goshujin
しゅじん
ご主人　丈夫

okusan
おく
奥さん　妻子

oni-san
にい
お兄さん　哥哥

one-san
ねえ
お姉さん　姐姐

oto-tosan
おとうと
弟さん　弟弟

imo-tosan
いもうと
妹さん　妹妹

okosan
こ
お子さん　小孩、子女

musukosan
むすこ
息子さん　兒子

musumesan
むすめ
娘さん　女兒

稱呼對方家人和稱呼自己家人的方法有點差異，請多加注意。

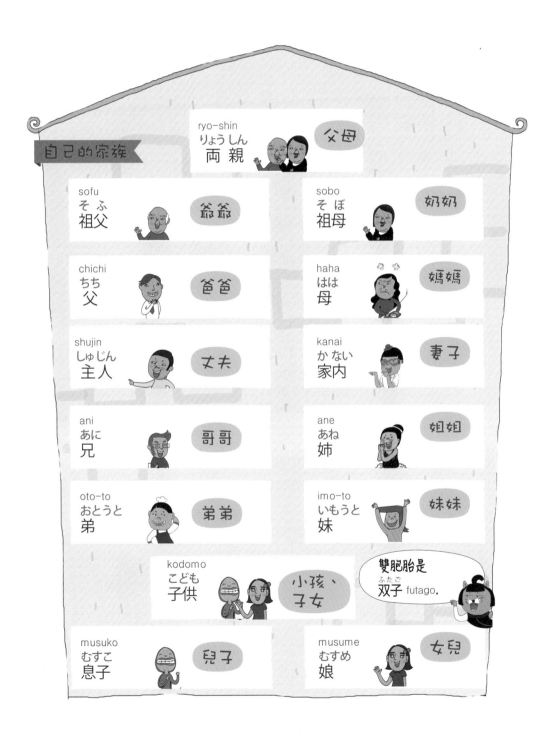

2 **いますか** imasuka 有、在

いますか是 いる 表示疑問的語法。いる用來表示人或動物等,可以自己移動的東西。います的相反詞是いません,表示疑問時,在語尾加上疑問助詞か即可。

kokoni nekoga imasu

- ここに 猫が います。　　　　這裡有貓。

kokoni inuwa imasen

- ここに 犬は いません。　　　　這裡沒有狗。

03 　うらやましいですね　　好羨慕啊

1　**〜ね** 〜呢、〜吧、〜啊

〜ね 是加在語尾的助詞,意思為〜呢、〜吧、〜啊。表示感動、決心、同意對方的話語或是徵詢對方認同時使用。

感動、決心、同意

- いい　_{てんき}天気ですね。(↗) 天氣真好。
- いいですね。(↗)　　　　(天氣)真好呢。

▶▶ いい i-　　　　好
▶▶ てんき(天気) tenki 天氣

04 　1人暮し　　　　一個人生活

ひとり ぐら

如果進入大學或就業,很多日本年輕人會離家獨自生活。像這樣一個人生活叫做1人暮し。

ひとり ぐら

い形容詞的否定表現

前一課我們學到うらやましい是羨慕的意思，在形容詞基本型後面加上～です是比較恭敬的說法，但如果い形容詞的基本型加上『-くない』就是否定的意思。

urayamashi-
うらやましい + **く** **ない**
ku nai

羨慕　　　　　　　　　　不

> い形容詞的尾音い變成く，
> 再加上ない。

陳述句

ぼくは 彼（かれ）が うらやましい。　　　我羨慕他。
bokuwa karega urayamashi-

否定句

ぼくは 彼（かれ）が うらやましく ない。　　　我不羨慕他。
bokuwa karega urayamashikunai

敬語型否定句

ぼくは 彼（かれ）が うらやましく ないです。　　　我不羨慕他。
bokuwa karega urayamashikunaidesu

1. 請按照順序，在 ( ) 內填入適當的單詞。

   ひとり - (Ⓐ) - さんにん - (Ⓑ) - ごにん

Ⓐ	Ⓑ		Ⓐ	Ⓑ
① ふたり	よんにん		② ふたり	よにん
③ ふたり	ろくにん			

2. 向對方介紹自己家人的時候，何者不適當？

   ①おじいさん
   ②父（ちち）
   ③家内（かない）
   ④息子（むすこ）

3. 請將下方句子改為否定句。

   ① これは　たかい。　　這個很貴。

   ➡ ＿＿＿＿＿＿＿＿＿＿＿＿＿＿＿＿＿＿

   ② この　バナナは　おいしいです。　　這根香蕉很好吃。

   ➡ ＿＿＿＿＿＿＿＿＿＿＿＿＿＿＿＿＿＿

解答 1. ② 注意數字 4 的讀音。　2. ① 解說 向對方介紹自己爺爺的時候要說 祖父 [そふ]
3. ① これは　たかく　ない。　② この　バナナは　おいしく　ないです。
解說 也可以說 おいしく　ありません。

09 黃金週_溫泉旅行

日本每年的重要節日首先是 1 月 1 日元旦，日本稱作**お正月** osho-gatsu，這一天會對祖先及神明表示感謝、祈禱未來一年豐收，並且寄**年賀状**給親戚及朋友。2014 年大約寄出了 2,900 萬封明信片，明信片內會寫上あけまして おめでとう akemashite omedeto- 新年快樂。

akemashite omedeto-

あけまして　おめでとう。

我到底還要寫幾張明信片啊？今天要寫通宵了嗎？

可惡…我又老一歲了！

多了一歲…代表我更加成熟穩重了～哈哈哈！

什麼啊…他們的主要假日都跟我們一樣嘛～

夏季的活動由**七夕**<ruby>たなばた</ruby> tanabata 開始，七夕是由中國傳至日本，這天牛郎與織女相會，相傳在這天許願就會成真。

<七夕慶典>　　　　　　　　　　　　　　　　<煙火>

夏天夜晚，日本全國會舉辦**花火大会**<ruby>はなびだいかい</ruby> hanabidaikai，絢麗的**煙火**表演堪稱世界第一。

ゴールデンウィーク golden week go-rudenui-ku 黃金週從 4 月底到 5 月 5 日，短則一週，長則 10 天。日本人會在這個時候回到家鄉，也有很多日本人現在會來到台灣旅遊，交通和住宿都會非常擁擠。

哇～好棒啊～

お風呂に　はいる
泡溫泉

<旅館りょかん>

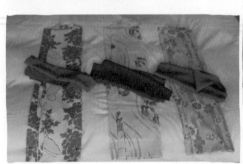

<浴衣 ゆかた>

<懷石料理 かいせきりょうり>

お盆 _{ぼん} obon 和我們的中秋節差不多，8 月 13 日至 15 日期間，很多公司和商店紛紛關門休假，回家鄉與家人、親戚團聚。

< 盂蘭盆舞 >

一年即將結束的 12 月底，日本人會在餐廳或酒吧舉辦**忘年会** _{ぼうねんかい}。學生、公司職員、主婦等會參加各式各樣的聚會，度過愉快的一年。

一年要結束了…我們只有變老而已，怎麼辦？

不要擔心，我們團購去打肉毒桿菌吧！

先聽一遍 ✔ ● ● ▶ 檢查!! ● ● ● ▶ 開口說 ● ● ●

go-rudenui-kuni naniwo suru tsumoridesuka

 ゴールデンウィークに 何<ruby>を</ruby> する つもりですか。

黃金週打算做什麼？

tomodachito onsenni ikimasu

友達と 温泉に 行きます。

和朋友一起去泡溫泉。

beppuni aru yu-me-na onsendesuyo

別府に ある 有名な 温泉ですよ。

是位於別府的知名溫泉喔。

watashimo onsenga daisukidesu

私も 温泉が 大好きです。

我也非常喜歡溫泉。

dewa isshoni ikimasho-

では、一緒に 行きましょう。

那麼，我們一起去吧。

核心筆記

✓ 了解以下對話內容及文法核心！

ゴールデンウィークに　何を　**する**　つもりですか。

golden week = 黃金週　　　　　　　　　做　　　預計、預定

　　　　　　　　　　　　　　　　　　　　　動詞修飾名詞

語幹 + ます

友達と　温泉に　**行きます**。* 參考p121
い

　　　　　　　　　　　　→ 動詞行く的敬語型

* 參考p123

別府に　ある　**有名な**　温泉ですよ。

　　　　　　有名的　　温泉

　　　　な形容詞修飾名詞

私も　温泉が　大好きです。
～也　　　　　　～喜歡　だいすきだ 非常喜歡

語幹 + ましょう

では、一緒に　**行きましょう**。
い
　　　　一起　　　　→ 動詞行く的勸誘型

TRACK **09**

字母練習

を o	を						
つ tsu	つ						
め me	め						
け ke	け						
む mu	む						
る ru	る						

け,む,る 沒有出現在課文中,所以要好好記住喔。

單字練習

go-rudenui-ku **ゴールデン ウィーク** 黃金週　golden week		
tsumori **つもり** 預計、預定		
dewa **では**　那麼、那		

仔細熟記漢字的唸法，比觀察漢字的寫法更重要。

漢字	朗讀	書寫

とも だち
友達
tomodachi

朋友

❶ 友達 ❷ ❸
とも だち

☑ ☐ ☐

おん せん
温泉
onsen

溫泉

❶ 温泉 ❷ ❸
おん せん

☐ ☐ ☐

ゆう めい
有名だ
yu-me-da

有名

❶ 有名だ ❷ ❸
ゆう めい

☐ ☐ ☐

だい す
大好きだ
daisukida

非常喜歡

❶ 大好きだ ❷
だい す

☐ ☐ ☐

いっしょ
一緒に
isshoni

一起

❶ 一緒に ❷ ❸
いっしょ

☐ ☐ ☐

01

なに
何を　する　つもりですか。　打算做什麼？

naniwo suru tsumoridesuka

動詞する(做)修飾名詞つもり(預定、計劃)，即變成預計(打算)要做～的意思。動詞修飾名詞的時候，不是單一規則變化，而是使用該動詞的基本型。

02

ともだち　　おんせん　　い
友達と　温泉に　行きます。　和朋友一起去泡溫泉。

tomodachito onsenni ikimasu

1　～と ～和

と和名詞一起使用，用來列舉事物，或是表示連帶關係，相當於中文的「～和」。當と和動詞或形容詞一起使用時，則表示假設語氣，意思為「～的話」。

名詞 + **と** to + 名詞
　　　　～和

watashitachito isshoni ikimasho-

わたしたち い
• 私達と　いっしょに　行きましょう。　　和我們一起去吧。

▶▶ わたしたち(私達) watashitachi 我們

haruni naruto atatakaku naru

はる
• 春に　なると　あたたかく　なる。　　春天到了的話，就會變溫暖。

▶▶ あたたかい atatakai 溫暖的
　　あたたかく atatakaku 溫暖地

2 ～に　行きます 去～

に是用來表示位置、場所、方向的助詞。

い
行きます ikimasu 是動詞行く iku 的敬語型。詳細的動詞變化將在後面的
課程解說，現在只要記住本課的意思即可。

01 別府に ある 有名な 温泉ですよ

べっぷ　　　　　　ゆうめい　　　　おんせん

beppuni aru yu-me-na onsendesuyo

這是位於別府的知名溫泉。

1 別府に ある

別府にある後面直接加上用來修飾温泉的原型動詞ある。

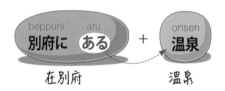

別府に ある ＋ 温泉
beppuni aru　　　onsen

在別府　　　　　溫泉

別府に ある
べっぷ

別府是九州的著名溫泉地，除了日本人，世界各地的人們也會到別府泡溫泉，也可以從台灣乘坐飛機或搭船去旅遊。
べっぷ　きゅうしゅう

<海地獄>

<血の池地獄>

<地獄溫泉蒸螃蟹>

<別府市景觀>

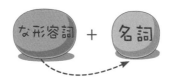

な形容詞的基本型與意義

TRACK **09**

ゆうめい
有名だ是な形容詞，相當於中文**有名的、著名的**。它和い形容詞一樣，用來說明事物的性質、模樣、狀態等等，後面會再加上單詞。な形容詞的基本型都是だ結尾，所以又稱だ形容詞。

な形容詞 ＋ 名詞

> 修飾後面的名詞，だ會變成な，請多加注意。

な形容詞的基本型與意義

yu-me-da ゆうめい 有名だ	sutekida すてきだ	kireida きれいだ
有名	很棒、優秀	漂亮、乾淨
sukida す 好きだ	kiraida きら 嫌いだ	
喜歡	討厭	

> きれいだ有漂亮和乾淨兩種意思。

な形容詞的基本型加上 - です就變成**敬語型**，在敬語型後面加上『～か』即是疑問句，此時尾音的讀音語調要稍微上揚。

かのじょ
彼女は　きれいだ。
kanojowa kireida
她很漂亮。

かのじょ
彼女は　きれいです。
kanojowa kireidesu
她很漂亮。

かのじょ
彼女は　きれいですか。
kanojowa kireidesuka
她很漂亮嗎？

<ruby>温泉<rt>おん せん</rt></ruby>が <ruby>大好<rt>だい す</rt></ruby>きです。

onsenga daisukidesu

非常喜歡溫泉。

我們已經了解**な形容詞**的意思，當<ruby>好<rt>す</rt></ruby>きだ前面加上<ruby>大<rt>だい</rt></ruby>的時候，就變成<ruby>大好<rt>だい す</rt></ruby>きだ，相當於中文的**非常喜歡**。

大 + **好きだ**　　非常喜歡

非常、很　　喜歡

● <ruby>私<rt>わたし</rt></ruby>は <ruby>彼<rt>かれ</rt></ruby>の ことが <ruby>大好<rt>だい す</rt></ruby>き。　　我非常喜歡他。

watashiwa kareno kotoga daisuki

▶▶ かれ(彼) kare 他

> 喜歡(討厭)後面的助詞不是を而是が，要記住喔。

02

<ruby>一緒<rt>いっ しょ</rt></ruby>に　一起

isshoni

<ruby>一緒<rt>いっ しょ</rt></ruby>に相當於中文的**一起**，這是經常使用的詞彙，它的相反詞是ひとりで，相當於中文的**獨自**。

練習題

1. 請看下圖，( )內填入哪個字最適當？

Ⓐ明日 何を する
（　　）ですか。

Ⓑ学校へ 行きます。
（がっこう）（い）

① つもり

② いっしょに

③ 大好き

2. ( )內填入哪個字最適當？

範例

ここは （　　） 温泉です。
（おんせん）

① 有名な　　② きれいな　　③ すきな　　④ じょうずな

3. 請完成下方句子的敬語型。

範例

学校へ 行く。
（がっこう）（い）
去學校

学校へ ① ＿＿＿＿＿＿＿＿。
去學校。

学校へ ② ＿＿＿＿＿＿＿＿。
去學校吧。

解答 1.① つもり 預定、計劃 單字 明日 [あした] 明天 2.④ 單字 じょうずだ [上手だ] 擅長、做得好 3.① 行きます ② 行きましょう

10 JR山手線

日本的交通鐵路、航空、海上、巴士、計程車等，十分便利發達，可說是世界上最完善的交通設施。

日本鐵路以時間精確和安全性高聞名，其中規模最大的 **JR 日本鐵道集團**在國內全境擁有覆蓋率高的密集網路，快捷的超高速列車**新幹線**與台灣的高鐵相似，最高時速為 300 公里，另外東京到大阪之間甚至有最高時速約 550 公里東海道新幹線。根據特級、快車等不同，停靠的地方也不同。另外，還有**グリーン車 Green Car gurin sha (綠色車廂) 1 等席車廂、指定席車廂、寢台車廂**等各種座席車廂。

車票可以在自動售票機購買，但是大部分的人都會到車站內的**綠色窗口みどりの窗口**購買車票。

東京和大阪等大城市內有國鐵 JR 山手線和其他公司營運地下鐵、電車在運行。

鐵路將城市的各個角落像蜘蛛網一樣連接在一起,交通十分便利,許多人使用鐵路通勤。地下鐵因為每個路線經營的公司不同,更換路線搭乘時,有時需要另外計算費用。東京的主要鐵路路線有 JR 山手線 (山の手線 綠色)、丸之內線 (丸の內線 紅色)、銀座線 (銀座線 黃色) 等。

<車票販賣處>

<月台>

<JR 新宿車站>

地鐵票價比想像中還貴耶？

為什麼？

因為有 JR 山手線和其他公司營運的地鐵，所以換車的時候會另外計算票價啊…。

你真清楚耶！

<車站內>

10 | 車票要在哪裡買？

TRACK **10**

先聽一遍 ✓ ● ● ▶ 檢查!! ● ● ● ▶ 開口說 ● ● ●

ano- kippuwa dokode kaimasuka

あのう、切符は どこで 買いますか。

請問，車票要在哪裡買？

jido-hambaikide kaimasu

自動販売機で 買います。

在自動售票機購買。

jie-a-rushinjukuekimade ikuradesuka

ジェーアール新宿駅まで いくらですか。

到 JR 新宿站要多少錢？

hyakurokuju-endesu

160円です。

160 元。

dewa dokode norimasuka

では、どこで 乗りますか。

那麼，要在哪裡搭車呢？

sambanno ho-mude norimasu

3番の ホームで 乗ります。

在第三月台搭車。

核心筆記

✓ 了解以下對話內容及文法核心！

あのう、切符は どこで 買いますか。
きっぷ 車票
疑問助詞 ＊參考p135

動詞 買う 的敬語型
kau

自動販売機で 買います。
在～

ジェーアール新宿駅まで いくらですか。
JR的片假名
多少 ＊參考 p137

160円です。
えん 日本的貨幣單位

では、どこで 乗りますか。
動詞 乗る 的敬語型
noru

3番の ホームで 乗ります。
3號　　月台

字母練習

じ ji							
ば ba							
ひ hi							

單字練習

jie-a-ru ジェーアール JR (日本鐵道公司)			
hyaku ひゃく　100,百			
ho-mu ホーム Home (這裡是月台的意思)			

TRACK **10**

仔細熟記漢字的唸法，比觀察漢字的寫法更重要。

漢字	朗讀	書寫

きっ ぷ
切符
kippu

車票

❶ 切符 ❷ ❸
きっ ぷ

☑ ☐ ☐

じ どうはんばい き
自動販売機
jido-hambaiki

自動販賣機、
自動售票機

❶ 自動販売機 ❷
じ どう はんばい き

☐ ☐ ☐

か
買う
kau

買

❶ 買う ❷ ❸
かう

☐ ☐ ☐

えん
円
en

圓（日本貨幣單位）

❶ 円 ❷ ❸
えん

☐ ☐ ☐

の
乗る
noru

搭乘

❶ 乗る ❷ ❸
のる

☐ ☐ ☐

01

どこで 買いますか。

dokode kaimasuka

在哪裡買?

1 どこ 哪裡和~で在~結合後,就變成**在哪裡**的意思。で是表示場所的助詞。

doko
どこ + **で** de
哪裡　　　在~

2 買いますか 買嗎?是動詞買う kau 買的敬語型疑問句。這一課就一起來看看各種動詞的敬語型要怎麼使用吧!

kau
買う → **買い** + **ます** + **か**。
買

如上方所示,動詞尾端的う改成い之後,再加上ます,就變成**敬語型**態。此時,在後方加上疑問助詞か,就是敬語型問句。

> 像買う kau 買這種以 [u] 發音結尾的動詞,又稱作第一類動詞。

基本動詞的運用

在名詞或形容詞後面加上『-です』之後，就變成敬語型。那麼，動詞的敬語詞要怎麼表示呢？

動詞基本上都是在基本型的語尾做變化，分成 3 大類型。我們一起來學會如何分類吧！

TRACK **10**

> 動詞的基本型以 -u 結尾都是一類動詞。

一類動詞	二類動詞	三類動詞
kau か 買う　買	taberu た 食べる　吃	kuru く 来る　來
noru の 乗る　搭乘	miru み 見る　看	suru する　做
iku い 行く　去	oboeru おぼ 覚える　記住	好意外，只有 2 個耶。
kaku か 書く　寫	okiru お 起きる　起床	
nomu の 飲む　喝	動詞的基本型以 -eru、-iru 結尾都是二類動詞。	

動詞分類有兩種稱呼方式，本書的說法是「一類動詞」、「二類動詞」、「三類動詞」，你在其他地方可能會看到「五段動詞」、「上下一段動詞」、「カ行サ行變動詞」，其實這兩種意思都一樣。

該怎麼活用這些動詞呢？

我們根據分類來將動詞變成敬語型。

請注意發音變化

一類動詞	ます型	二類動詞	ます型	三類動詞	ます型
か 買う ➡	kaimasu 買います 買	た 食べる ➡	tabemasu 食べます 吃	ku 来る ➡	kimasu 来ます 來
の 乗る ➡	norimasu 乗ります 搭乘	み 見る ➡	mimasu 見ます 看	する ➡	shimasu します 做
い 行く ➡	ikimasu 行きます 去	おぼ 覚える ➡	oboemasu 覚えます 記住		
か 書く ➡	kakimasu 書きます 寫	お 起きる ➡	okimasu 起きます 起床		
の 飲む ➡	nomimasu 飲みます 喝				

好意外，只有 2 個耶。

基本型的尾音 ru 拿掉後加上 - ます。

基本型的尾音 -u 改成 -i 後加上 - ます。

がっこう　　い
• 学校へ　行く。 ➡

去學校。

がっこう　　い
学校へ　行きます。

去學校。

た
• ラーメンを　食べる。 ➡

吃拉麵。

た
ラーメンを　食べます。

吃拉麵。

がっこう　　く
• 学校へ　来る。 ➡

來學校。

がっこう　　き
学校へ　来ます。

來學校。

01 いくらですか。
ikuradesuka

多少錢？

いくら相當於中文的**多少**，後面加上 - ですか就是詢問多少錢的意思。如果要再更有禮貌一點，可以在前面加上お，變成おいくらですか。
日本的貨幣單位是円（¥）。

いくら　多少

korewa ikuradesuka
- これは　いくらですか。　這個多少錢？

  hyakuen
  ひゃく えん
  →百円です。　一百元。

  senen
  せん えん
  →千円です。　一千元。

  ichimanen
  いちまん えん
  →一万円です。　一萬元。

一萬元的時候要說
一万円，不是万円喔。

これは　いくらですか。

去結帳櫃台問問看吧！

01 どこで 乗りますか。

dokode norimasuka

要在哪裡搭車呢？

乗りますか 是乗る搭乘的敬語型，它是一類動詞，變成ます型只要把る變成
➡ り，再加上ます就可以了。

搭乘～的助詞要用に，要多加注意喔。

～に 乗る	⇔	～から 降りる
搭乘～		從～下車

• どこで 電車に 乗りますか。

要在哪裡搭車呢？

> 降りるoriru 是以 -iru 結尾
> 的二類動詞，所以ます型只
> 要說 降ります 即可。

交通工具　　　　　　　　　　　　　　　　TRACK 10

ひこうき 飛行機 飛機	ふね 船 船	きしゃ 汽車 汽車
しんかんせん 新幹線 新幹線	bus バス 公車	taxi タクシー 計程車
ちかてつ 地下鉄 地鐵	でんしゃ 電車 電車	ある 歩いて 走路

01

<ruby>3番<rt>さんばん</rt></ruby>の ホーム 三號月台

sambanno ho-mu

---

1 3番

<ruby>3番<rt>さんばん</rt></ruby>是**三號**的意思。要表示編號的時候，在數字後面加上<ruby>番<rt>ばん</rt></ruby>就可以。

不過，<ruby>一番<rt>いちばん</rt></ruby> 除了 ❶**1 號**的意思之外，還有 ❷ **最好、最棒**的意思。

❶1號 ❷最好、最棒	2號	3號	4號	5號
いちばん 一番	にばん 二番	さんばん 三番	よんばん 四番	ごばん 五番

---

2 ホーム 月台

日語的**ホーム**是**プラットホーム** platform 的縮寫，意思是**平台**。可以搭乘地鐵或火車等的平台就是我們常說的月台，大型車站的月台可能會超過 10 處，所以乘車時要多加注意。

**節慶日**

日本國定節慶日與星期日重疊時，下個星期一就會補假。如果平日前後都是國定假日時，中間的平日也會變成連休的彈性假日，例如下圖中 5 月 4 日就是此情況。

12 月 25 日 (聖誕節) 不是國定假日，12 月 29 日 ~1 月 3 日，政府機關和企業都休假。

1月 1日	元旦	7月第三週的星期一	海洋節
1月第二週的星期一	成人節	9月第三週的星期一	敬老節
2月 11日	建國紀念日	9月 23日 (或是24日)	秋分節
3月 20日 (或是 21日)	春分節	10月第二週的星期一	體育節
4月 29日	昭和之日	11月 3日	文化節
5月 3日	憲法紀念日	11月 23日	勞動感謝節
5月 5日	兒童節	12月 23日	天皇誕辰

4月

日	月	火	水	木	金	土
					1	2
3	4	5	6	7	8	9
10	11	12	13	14	15	16
17	18	19	20	21	22	23
24	25	26	27	28	29	30

5月

日	月	火	水	木	金	土
1	2	3	4	5	6	7
8	9	10	11	12	13	14
15	16	17	18	19	20	21
22	23	24	25	26	27	28
29	30					

日本國定節慶日與星期日重疊時，下星期一也將成為休假日。如果平日前後都是國定假日時，像上面的 5 月 2、4 日都會放假。

哇！怎麼這麼好…我也想這樣放假。

練習題

1. 下方劃有底線的部分，要填入哪個選項才正確？

切符は　どこで　買う。　　車票要在哪裡買？

① 買ますか　　　② 買えますか　　　③ 買いますか

2. 請按照順序，在 ( ) 內填入適當的助詞。

バス(Ⓐ)　乗る。　-　電車(Ⓑ)　降りる。

	Ⓐ	Ⓑ			Ⓐ	Ⓑ
①	を,	を		②	を,	に
③	を,	から		④	に,	に

3. 請使用範例內的單字完成句子。

範例
行きます,　歩いて,　は,　へ,　会社,　私

➡ _____

我走路去公司。

解答
1. ③ 買(か)いますか。[要買嗎？] ⇒ 買(か)える [可以買]　2. ③
3. 私は　歩いて　会社へ　行きます。　＊歩(ある)く [走路]

簡單學習平假名與片假名！

超簡單

Japan

GO!

日語

寫字簿

超簡單！
日語
寫字簿

把課本中學過的字再整理一遍吧！

學習語言的最好方法是在該國文化中自然地學習，然後熟悉該國的語言文字。 但是，剛開始學習日語時，我們不得不背誦字母和單字。剛開始學習日語的學習者們，常常會對單純背誦、書寫 50 音感到厭煩，進而對日語失去興趣。

日語是有夾雜漢字的語言，雖然漢字會帶來親近感，但是對於剛開始學習的學習者們來說，日語文字比較陌生，發音也與中文完全不同，所以一定要學習正確的發音及使用規則。

因此，為了完全不懂日語的「完全初學者」，我們以如何才能輕鬆、快速地掌握日語文字為目標，課程內容以「ひらがな平假名」和「カタカナ片假名」在實際生活中經常使用的單詞為主。

學習一個國家語言的最好祕訣就是不斷努力。俗話說「好的開始是成功的一半」，希望本教材能成為大家學習日語的堅實基礎。

本書的特色

按照順序練習書寫日語
附錄提供的日語寫字簿按照順序編排，你可以搭配課本，再一次練習平假名 (50) 和片假名 (50)。

僅靠書寫練習也可以提升單字實力
以日常生活中常用的單詞為例進行書寫練習，只要寫完練習簿就能提高單字實力。

──提醒書寫方法　　重點式的書寫練習
提醒每個字母的書寫重點，讓你能更容易記住並且正確地練習書寫。

先練習ひらがな (平假名)，再練習カタカナ (片假名)
日語主要使用ひらがな和カタカナ、漢字，但是由於平時使用最多的是ひらがな，所以要完全熟悉ひらがな，再練習カタカナ。

容易搞混的ひらがな (平假名) 和カタカナ (片假名)
本書最後再把平時很容易弄錯的字排列在一起，讓你能分辨其差異。

份量剛好的書寫練習
本書提供適於背誦的份量，讓你不會產生厭倦感，確實背熟練習。

	あ段	い段	う段	え段	お段
あ行	あ a	い i	う u	え e	お o
か行	か ka	き ki	く ku	け ke	こ ko
さ行	さ sa	し shi	す su	せ se	そ so
た行	た ta	ち chi	つ tsu	て te	と to
な行	な na	に ni	ぬ nu	ね ne	の no
は行	は ha	ひ hi	ふ fu	へ he	ほ ho
ま行	ま ma	み mi	む mu	め me	も mo
や行	や ya	い	ゆ yu	え	よ yo
ら行	ら ra	り ri	る ru	れ re	ろ ro
わ行	わ wa	い	う	え	を o
					ん n·m·ŋ·N

*英文發音採用護照使用的正式拼音方式。

カタカナ 片假名

	ア段	イ段	ウ段	エ段	オ段
ア行	ア a	イ i	ウ u	エ e	オ o
カ行	カ ka	キ ki	ク ku	ケ ke	コ ko
サ行	サ sa	シ shi	ス su	セ se	ソ so
タ行	タ ta	チ chi	ツ tsu	テ te	ト to
ナ行	ナ na	ニ ni	ヌ nu	ネ ne	ノ no
ハ行	ハ ha	ヒ hi	フ fu	ヘ he	ホ ho
マ行	マ ma	ミ mi	ム mu	メ me	モ mo
ヤ行	ヤ ya	イ	ユ yu	エ	ヨ yo
ラ行	ラ ra	リ ri	ル ru	レ re	ロ ro
ワ行	ワ wa	イ	ウ	エ	ヲ o

ン n·m·ŋ·N

ひらがな

文字的由來

初歩了解

あ安	か加	さ左	た太	な奈	は波	ま末	や也	ら良	わ和
い以	き幾	し之	ち知	に仁	ひ比	み美		り利	
う宇	く久	す寸	つ川	ぬ奴	ふ不	む武	ゆ由	る留	
え衣	け計	せ世	て天	ね禰	へ部	め女		れ礼	
お於	こ己	そ曾	と止	の乃	ほ保	も毛	よ与	ろ呂	を遠　ん无

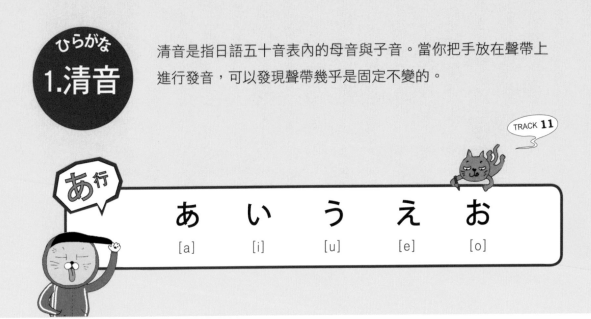

ひらがな 1.清音

清音是指日語五十音表內的母音與子音。當你把手放在聲帶上進行發音,可以發現聲帶幾乎是固定不變的。

あ行

あ　い　う　え　お
[a]　[i]　[u]　[e]　[o]

TRACK 11

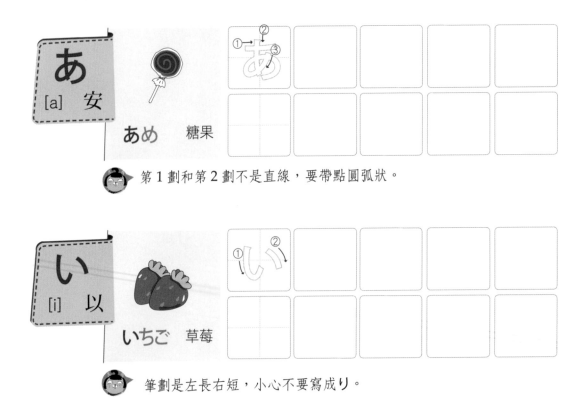

あ [a] 安

あめ　糖果

第 1 劃和第 2 劃不是直線,要帶點圓弧狀。

い [i] 以

いちご　草莓

筆劃是左長右短,小心不要寫成り。

う [u] 宇

うどん 烏龍麵

第 1 劃短一點，第 2 劃帶點圓弧，注意不要寫成直角。

え [e] 衣

えき　車站

△形狀的字，第 1 劃的點要在中間正上方。

お [o] 於

おでん 黑輪

第 1 劃短一點，第 2 劃垂直向下之後再畫個圓弧勾起來。

TRACK **11**

か行

か	き	く	け	こ
[ka]	[ki]	[ku]	[ke]	[ko]

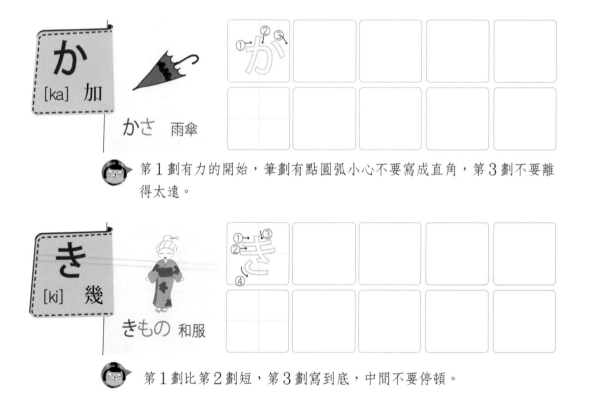

か [ka] 加

かさ 雨傘

第1劃有力的開始，筆劃有點圓弧小心不要寫成直角，第3劃不要離得太遠。

き [ki] 幾

きもの 和服

第1劃比第2劃短，第3劃寫到底，中間不要停頓。

く [ku] 久

くすり 藥

像是畫一個直角一樣，開頭有力，到中途時稍微放鬆力道，往另一個方向畫過去。

け [ke] 計

けいさつ 警察

□形狀的字，第 1 劃的尾端稍微勾起，第 3 劃要長一點。

こ [ko] 己

こたつ 暖桌

第 1 劃比第 2 劃短，第 2 劃的尾端用點力道即可停下。

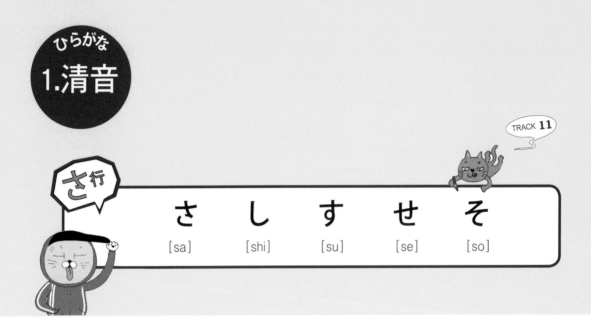

TRACK 11

さ行

さ	し	す	せ	そ
[sa]	[shi]	[su]	[se]	[so]

さ
[sa] 左

さしみ 生魚片

看起來很像一劃完成，但是在第 2 劃的時候不要寫過頭，記得停下來。

し
[shi] 之

しお 鹽

一劃到底，下方要保持圓弧狀。

さ 行的發音和 [sa]、[shi]、[su]、[se]、[so] 相似,發音時嘴巴不要張太大。

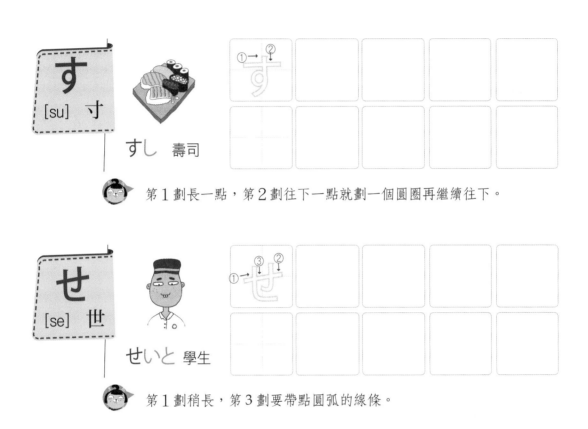

す
[su] 寸

すし 壽司

第1劃長一點,第2劃往下一點就劃一個圓圈再繼續往下。

せ
[se] 世

せいと 學生

第1劃稍長,第3劃要帶點圓弧的線條。

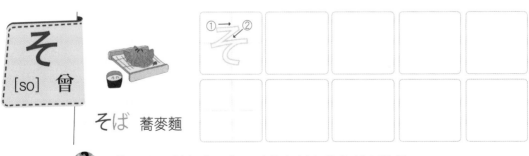

そ
[so] 曾

そば 蕎麥麵

你可以一劃完成,也可以第1劃和第2劃分開寫。

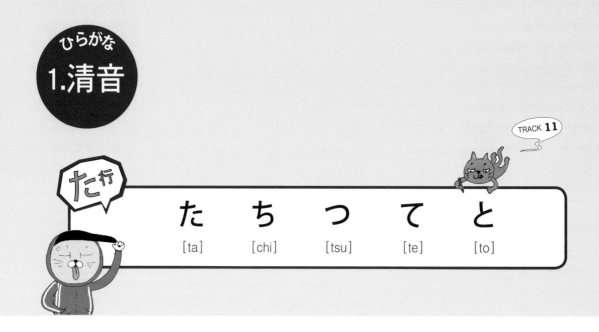

た
[ta] 太

たこやき 章魚燒

第 1 劃短一點，第 2 劃稍微傾斜，第 3 劃和第 4 劃的距離不要太寬或太窄。

ち
[chi] 知

ちず　　地圖

不要跟さ混淆，第 2 劃順時針方向畫圓。

た・て・と 的發音和 [ta]、[te]、[to] 相似,當它在單字的中間時,發音近似 [da]、[de]、[do],但是發音要再輕一點。

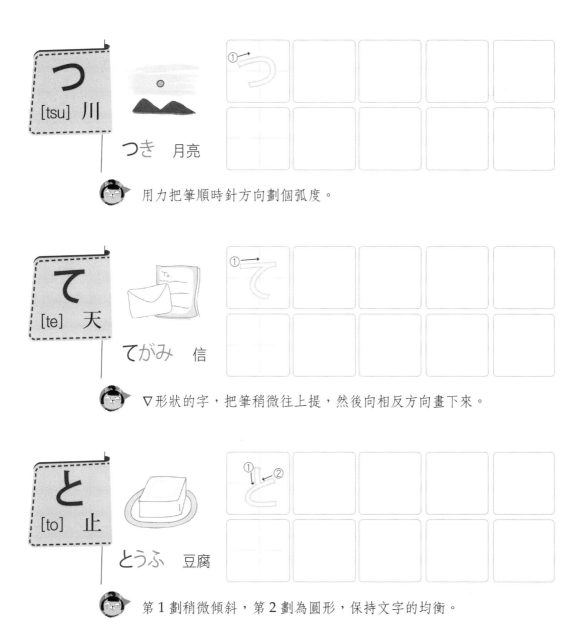

つ
[tsu] 川

つき 月亮

用力把筆順時針方向劃個弧度。

て
[te] 天

てがみ 信

▽形狀的字,把筆稍微往上提,然後向相反方向畫下來。

と
[to] 止

とうふ 豆腐

第 1 劃稍微傾斜,第 2 劃為圓形,保持文字的均衡。

159

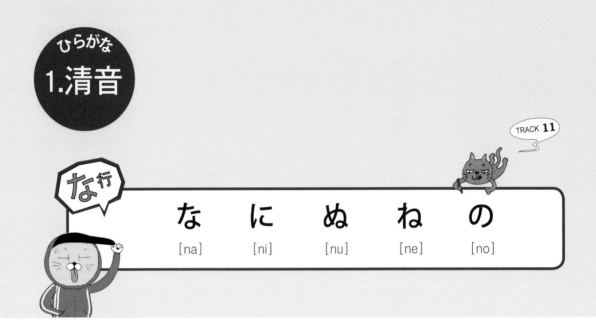

な行

な に ぬ ね の
[na] [ni] [nu] [ne] [no]

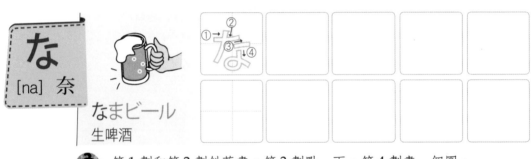

な
[na] 奈

なまビール
生啤酒

第 1 劃和第 2 劃斜著畫，第 3 劃點一下，第 4 劃畫一個圈。

に
[ni] 仁

にじ 彩虹

□形狀的字，第 1 劃到底時稍微上提，第 2 劃和第 3 劃的距離不要太寬或太窄。

ぬ
[nu] 奴

ぬいぐるみ
布偶

字的模樣像小正方形，第 1 劃用力按壓著寫，在中間部分稍微放鬆一點力道。

ね
[ne] 禰

ねぎ　蔥

正方形的字體，第 1 劃垂直向下，第 2 劃以順時針的方向畫個圓弧狀。

の
[no] 乃

のりまき
海苔捲壽司

第 1 劃畫出對角線，一口氣按順時針方向畫出。

ひらがな 1.清音

は行

は	ひ	ふ	へ	ほ
[ha]	[hi]	[fu]	[he]	[ho]

TRACK **11**

は
[ha] 波

はし 筷子

第 1 劃的開頭部分有力地開始，帶點弧度不要畫成直線，第 3 劃不要畫得太遠。

ひ
[hi] 比

ひこうき 飛機

稍微向上，逆時針方向畫成圓形，末端向下畫後停止。

は行的發音和 [ha]、[hi]、[hu]、[he]、[ho] 相似，ふ 發音
時嘴型像吹蠟燭一樣。

ふ [hu] 不

ふとん 棉被

△形狀的字，有力地畫出第 1 劃，第 2 劃柔和地畫出曲線，接下
來第 3、4 劃像毛筆一樣點一點。

へ [he] 部

へや 房間

像是躺著的直角三角形，一筆完成吧。

ほ [ho] 保

ほし 星星

□形狀的字，第 1 劃到底時稍微上提，旁邊像 "王" 字一樣，然後
到下面畫圓。

163

ま行

ま	み	む	め	も
[ma]	[mi]	[mu]	[me]	[mo]

TRACK 11

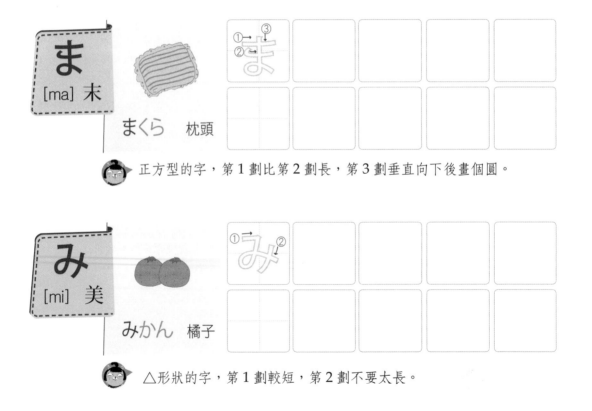

ま
[ma] 末

まくら　枕頭

正方型的字，第 1 劃比第 2 劃長，第 3 劃垂直向下後畫個圓。

み
[mi] 美

みかん　橘子

△形狀的字，第 1 劃較短，第 2 劃不要太長。

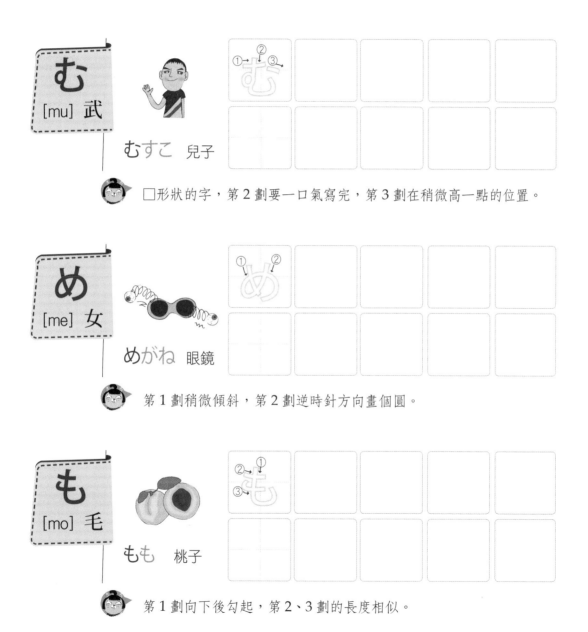

む
[mu] 武

むすこ 兒子

□形狀的字，第 2 劃要一口氣寫完，第 3 劃在稍微高一點的位置。

め
[me] 女

めがね 眼鏡

第 1 劃稍微傾斜，第 2 劃逆時針方向畫個圓。

も
[mo] 毛

もも 桃子

第 1 劃向下後勾起，第 2、3 劃的長度相似。

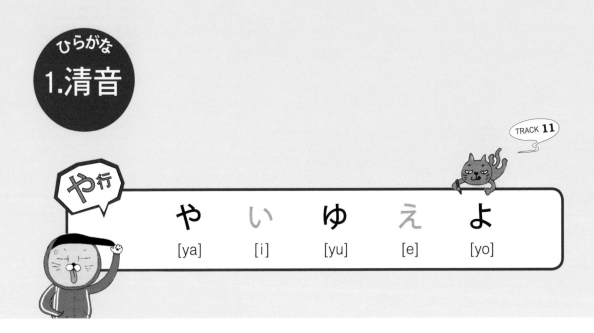

や行

や	い	ゆ	え	よ
[ya]	[i]	[yu]	[e]	[yo]

TRACK 11

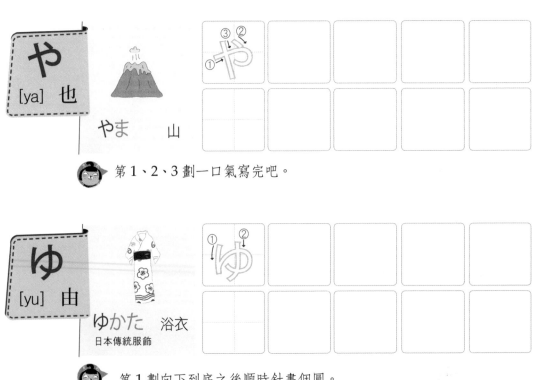

や
[ya] 也

やま　山

第 1、2、3 劃一口氣寫完吧。

ゆ
[yu] 由

ゆかた　浴衣
日本傳統服飾

第 1 劃向下到底之後順時針畫個圓。

よ [yo] 与

よる　　晚上

第 1 劃水平畫短線，第 2 劃垂直向下後畫圓後停止。

清音快要學完了，辛苦了。現在再把前面學過的東西複習一遍吧！

や　ゆ
よ

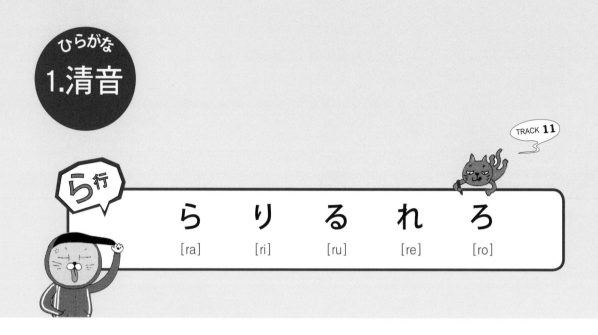

ら行

ら	り	る	れ	ろ
[ra]	[ri]	[ru]	[re]	[ro]

TRACK **11**

ら [ra] 良

らーめん 拉麵

注意不要跟う混淆。

り [ri] 利

りんご 蘋果

第2劃長度比第1劃長,小心不要寫成い。

ら 行的發音和 [ra]、[ri]、[ru]、[re]、[ro] 相似，要注意的是
發る音的時候嘴型不用嘟起。

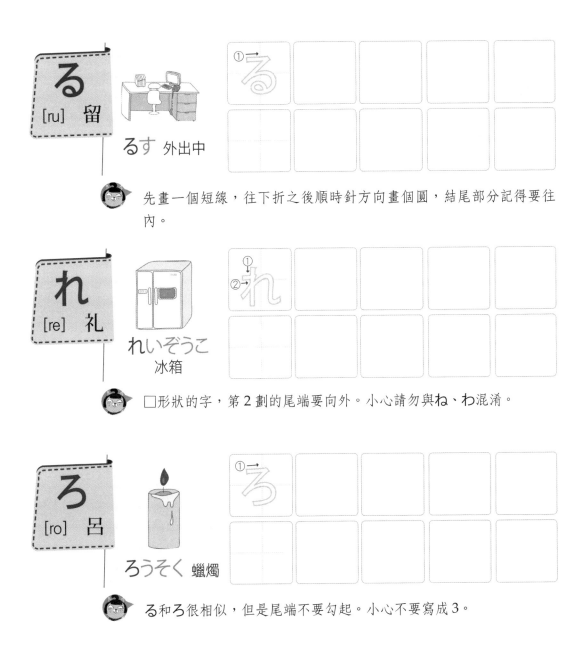

る
[ru] 留

るす 外出中

先畫一個短線，往下折之後順時針方向畫個圓，結尾部分記得要往
內。

れ
[re] 礼

れいぞうこ
冰箱

□形狀的字，第 2 劃的尾端要向外。小心請勿與ね、わ混淆。

ろ
[ro] 呂

ろうそく 蠟燭

る和ろ很相似，但是尾端不要勾起。小心不要寫成3。

169

ひらがな
1.清音

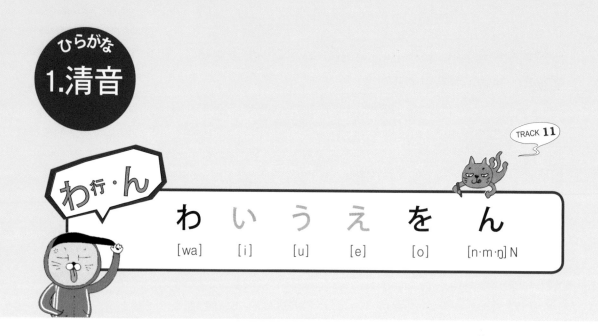

わ行・ん

TRACK **11**

わ	い	う	え	を	ん
[wa]	[i]	[u]	[e]	[o]	[n·m·ŋ] N

わ
[wa] 和

わりばし
免洗筷

第1劃直線向下，接著順時針方向畫個圓。小心勿與ね、れ混淆。

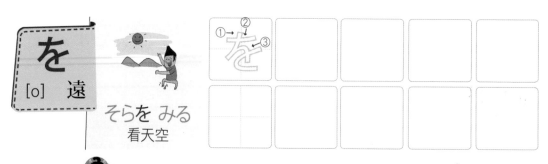

を
[o] 遠

そらを みる
看天空

第1劃畫一短線，第2劃像英語的 h 一樣，第3劃的大小要保持字的均衡。

わ的發音和 [wa] 相似，を的發音和 お相同，只當助詞使用。

ん

[n·m·ŋ·N] 无

かばん 皮包

△形狀的字，長得很像英語的 h。

練習

★ 發 [n] 音　在 [さ・ざ・た・だ・な・ら]行前面的時候

はんたい [反對] 反對　　うんどう [運動] 運動

★ 發 [m] 音　在 [ま・ば・ぱ]行前面的時候

ぶんめい [文明] 文明　　しんぶん [新聞] 報紙

★ 發 [ŋ] 音 在 [あ・か・が・や・わ]行前面或是 [ん]音結尾的時候

にんげん [人間] 人類　　でんわ [電話] 電話

171

ひらがな
2.濁音

所謂濁音，是指か‧さ‧た‧は行的右上方加上濁點 [゛]。

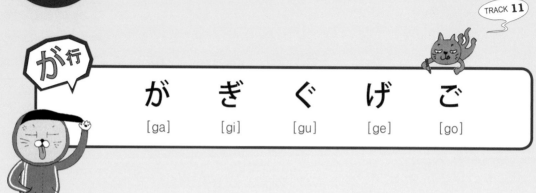

TRACK **11**

が行

が	ぎ	ぐ	げ	ご
[ga]	[gi]	[gu]	[ge]	[go]

が
[ga]

がっこう　學校

在か右上方加上濁點 (゛)，位置不要太遠。

ぎ
[gi]

ぎんこう　銀行

在き右上方加上濁點 (゛)，位置不要太遠。

が 行的發音和 [ga]、[gi]、[gu]、[ge]、[go] 相似。

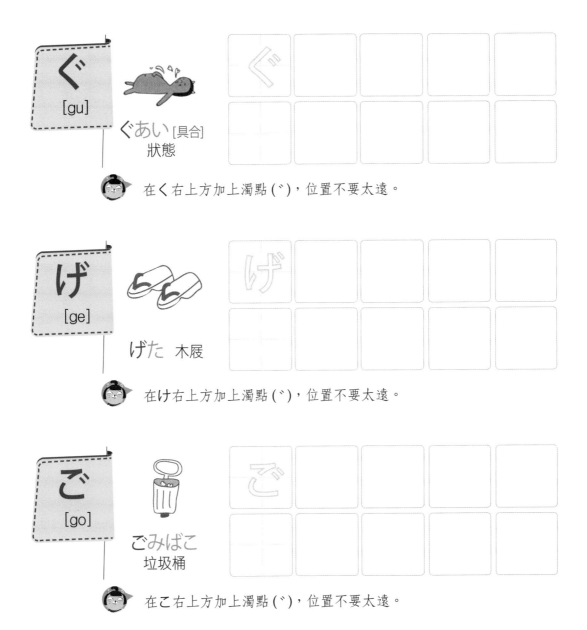

ぐ [gu]

ぐあい [具合]
狀態

在く右上方加上濁點 (ﾞ)，位置不要太遠。

げ [ge]

げた　木屐

在け右上方加上濁點 (ﾞ)，位置不要太遠。

ご [go]

ごみばこ
垃圾桶

在こ右上方加上濁點 (ﾞ)，位置不要太遠。

ひらがな 2.濁音

TRACK 11

ざ行

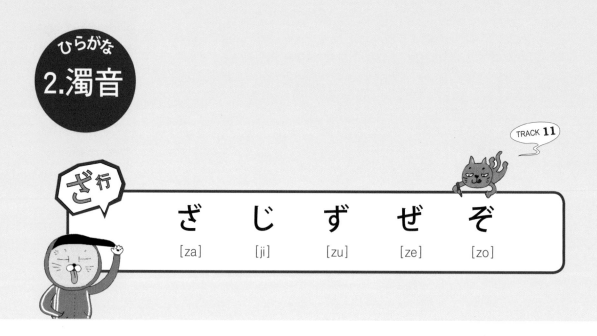

| ざ [za] | じ [ji] | ず [zu] | ぜ [ze] | ぞ [zo] |

ざ [za]

ざるそば
笊籬蕎麥麵

在さ右上方加上濁點 (ﾞ)，位置不要太遠。

じ [ji]

じかん
時間

在し右上方加上濁點 (ﾞ)，位置不要太遠。

ず [zu]

すずめ [雀]
麻雀

ず的圓不要太大，濁點 (ﾞ) 的位置不是在圓的旁邊，而是在最右上方。

ぜ [ze]

ぜひ 一定

ぜ的第 2 劃不要太長，第 2 劃的尾端不可以碰到第 3 劃。

ぞ [zo]

ぞう [象]
大象

寫太快的話會混在一起，所以要寫清楚一點。

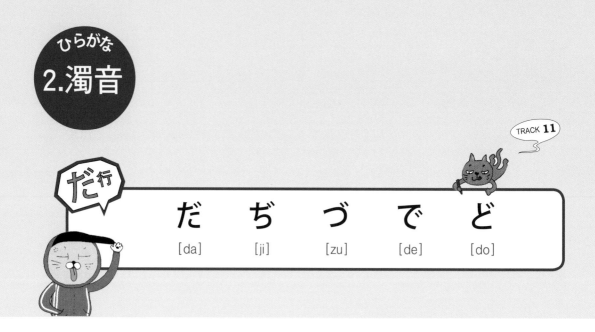

ひらがな 2.濁音

だ行

だ ぢ づ で ど
[da] [ji] [zu] [de] [do]

TRACK 11

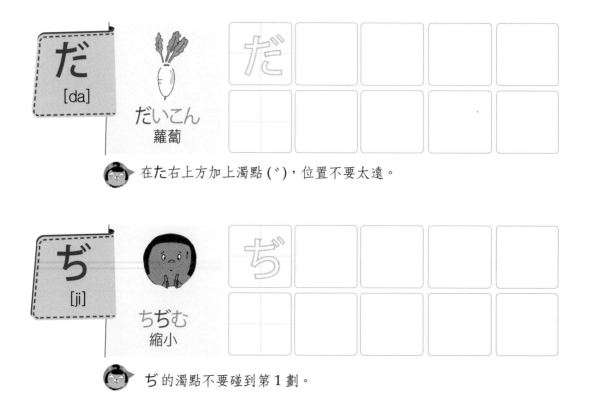

だ [da]
だいこん
蘿蔔

在た右上方加上濁點（゛），位置不要太遠。

ぢ [ji]
ちぢむ
縮小

ぢ 的濁點不要碰到第 1 劃。

だ行中的 だ・で・ど 的發音和 [da]、[de]、[do] 相似。
ぢ和 づ 的發音個別與 じ和 ず 相似。

發音

づ
[zu]

つづく
繼續

つ不能寫的太小，不然會與促音つ混淆，記得在右上方加上濁點 (ﾞ)。

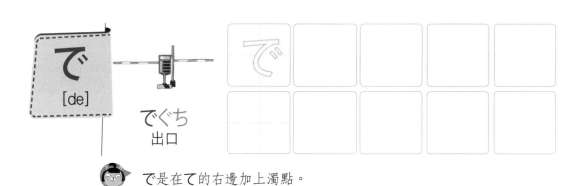

で
[de]

でぐち
出口

で是在て的右邊加上濁點。

ど
[do]

どうぶつ
動物

ど的第 1 劃不要超過第 2 劃，然後在右上方加上濁點 (ﾞ)。

177

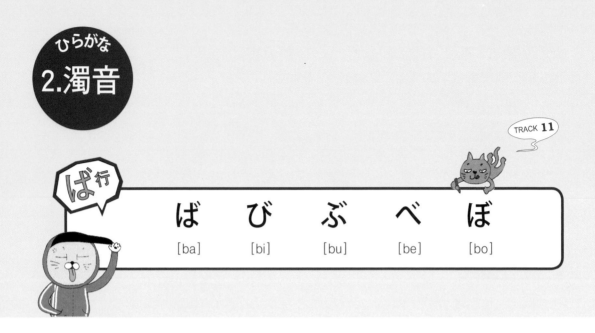

ひらがな

2.濁音

ば行

ば	び	ぶ	べ	ぼ
[ba]	[bi]	[bu]	[be]	[bo]

TRACK **11**

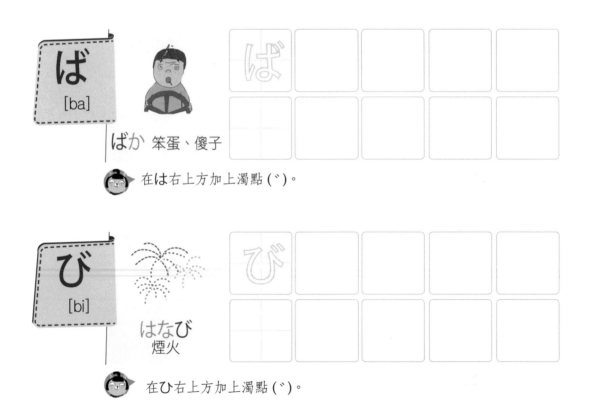

ば
[ba]

ばか 笨蛋、傻子

在は右上方加上濁點 (ﾞ)。

び
[bi]

はなび
煙火

在ひ右上方加上濁點 (ﾞ)。

ば行的發音和 [ba]、[bi]、[bu]、[be]、[bo] 相似。

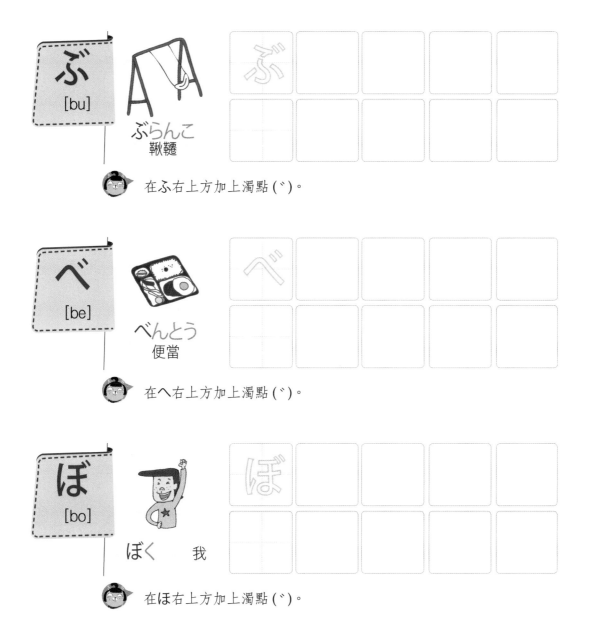

ぶ
[bu]

ぶらんこ
鞦韆

在ふ右上方加上濁點 (ﾞ)。

べ
[be]

べんとう
便當

在へ右上方加上濁點 (ﾞ)。

ぼ
[bo]

ぼく　　我

在ほ右上方加上濁點 (ﾞ)。

ひらがな
3.半濁音

所謂半濁音，是指は行的右上方加上半濁點 [°]。

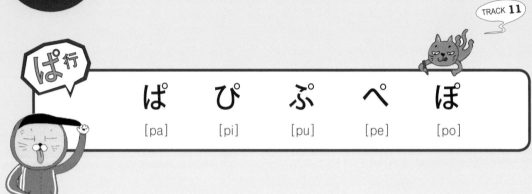

ぱ行

ぱ	ぴ	ぷ	ぺ	ぽ
[pa]	[pi]	[pu]	[pe]	[po]

TRACK **11**

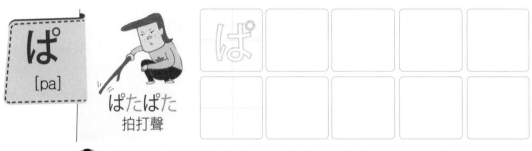

ぱ
[pa]

ぱたぱた
拍打聲

在は右上方加上半濁點 (°)，位置不要太遠。

ぴ
[pi]

ぴかぴか
閃閃發亮

在ひ右上方加上半濁點 (°)，位置不要太遠。

發音和 [pa]、[pi]、[pu]、[pe]、[po] 相似，當它在單字的中間時，發音近似 [ba]、[bi]、[bu]、[be]、[bo]，但是發音要再輕一點。

ぷかぷか
飄浮、吧嗒吧嗒地

 在ふ右上方加上半濁點 (°)，位置不要太遠。

ぺこぺこ
空腹、點頭哈腰

 在へ右上方加上半濁點 (°)，位置不要太遠。

ぽかぽか
暖和

 在ほ右上方加上半濁點 (°)，位置不要太遠。

ひらがな
4.拗音

所謂拗音是指い段的子音き・ぎ・し・じ・ち・に・ひ・び・ぴ・み・り
與小字や・ゆ・よ結合後的發音。

TRACK 11

きゃ	きゅ	きょ	ぎゃ	ぎゅ	ぎょ…
[kya]	[kyu]	[kyo]	[gya]	[gyu]	[gyo]

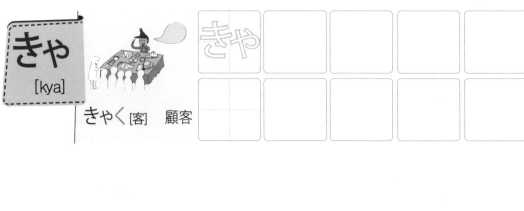

きゃ [kya]

きゃく [客]　顧客

きゅ [kyu]

きゅうか [休暇]
休假

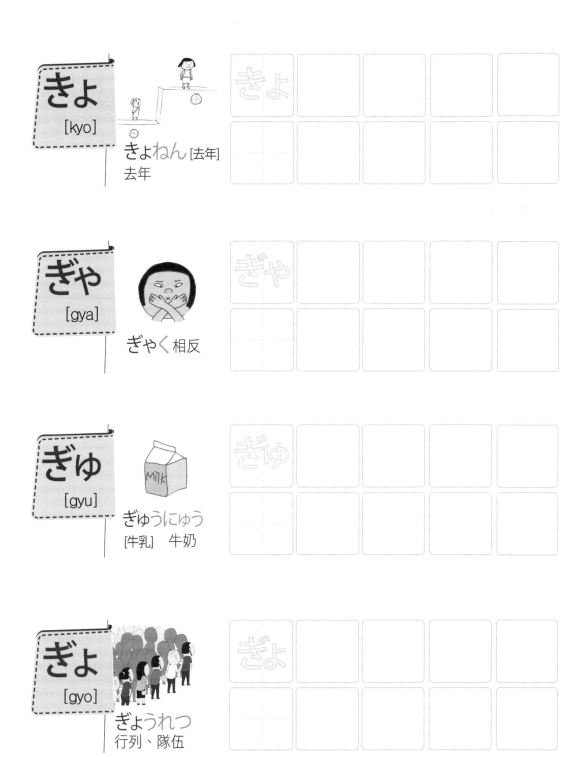

ぎょ
[kyo]

きょねん [去年]
去年

ぎゃ
[gya]

ぎゃく 相反

ぎゅ
[gyu]

ぎゅうにゅう
[牛乳]　牛奶

ぎょ
[gyo]

ぎょうれつ
行列、隊伍

TRACK **11**

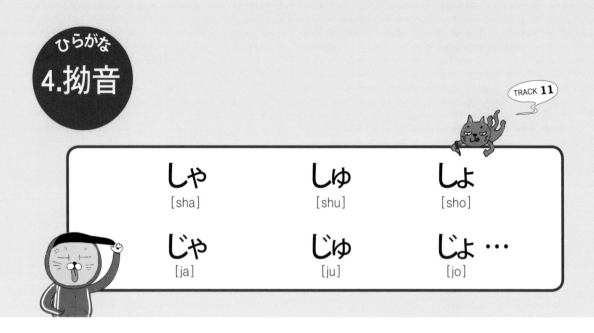

しゃ [sha]	しゅ [shu]	しょ [sho]
じゃ [ja]	じゅ [ju]	じょ … [jo]

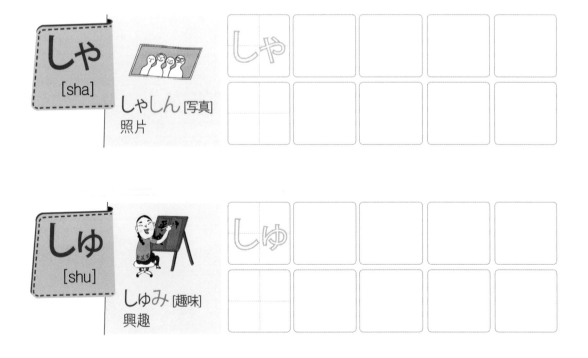

しゃ [sha]

しゃしん [写真]
照片

しゅ [shu]

しゅみ [趣味]
興趣

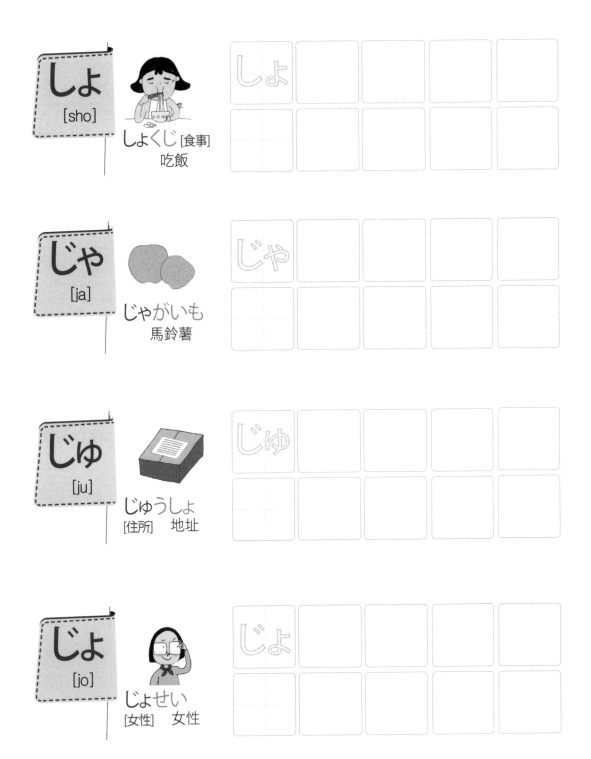

しょ [sho]

しょくじ [食事]
吃飯

じゃ [ja]

じゃがいも
馬鈴薯

じゅ [ju]

じゅうしょ
[住所] 地址

じょ [jo]

じょせい
[女性] 女性

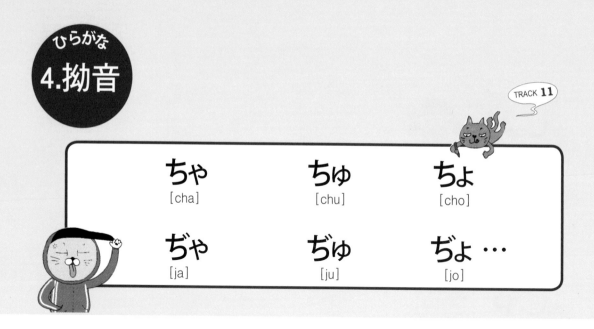

ひらがな

4.拗音

TRACK 11

ちゃ	ちゅ	ちょ
[cha]	[chu]	[cho]
ぢゃ	ぢゅ	ぢょ …
[ja]	[ju]	[jo]

ちゃ [cha]

ちゃ [お茶] 茶

ちゃ

ちゅ [chu]

ちゅうもん
[注文] 點餐

ちゅ

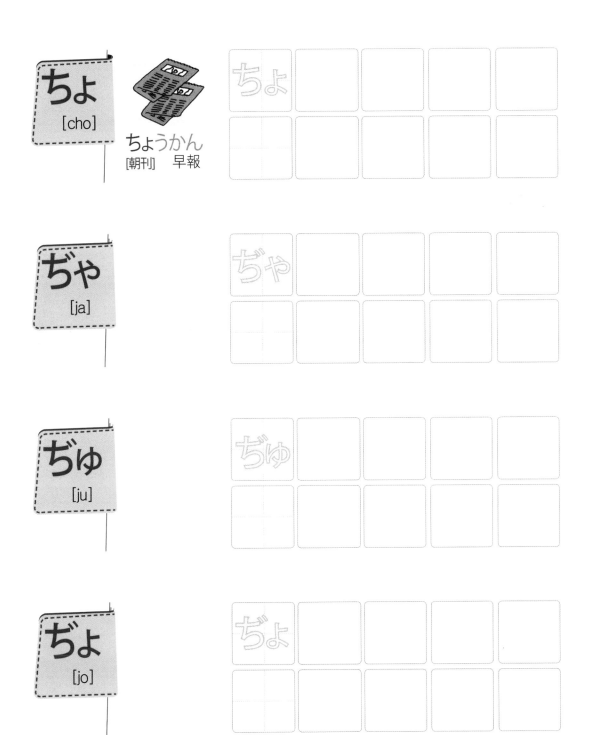

ちょ [cho]

ちょうかん [朝刊] 早報

ちょ

ぢゃ [ja]

ぢゃ

ぢゅ [ju]

ぢゅ

ぢょ [jo]

ぢょ

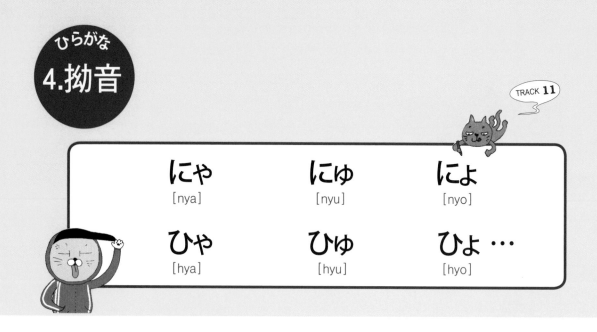

ひらがな

4.拗音

TRACK 11

にゃ [nya]	にゅ [nyu]	にょ [nyo]
ひゃ [hya]	ひゅ [hyu]	ひょ … [hyo]

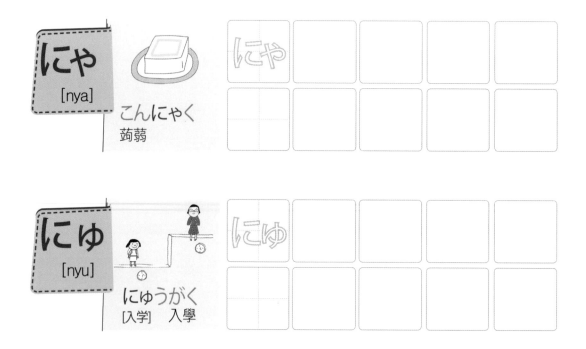

にゃ
[nya]

こんにゃく
蒟蒻

にゃ

にゅ
[nyu]

にゅうがく
[入学] 入學

にゅ

によ
[nyo]

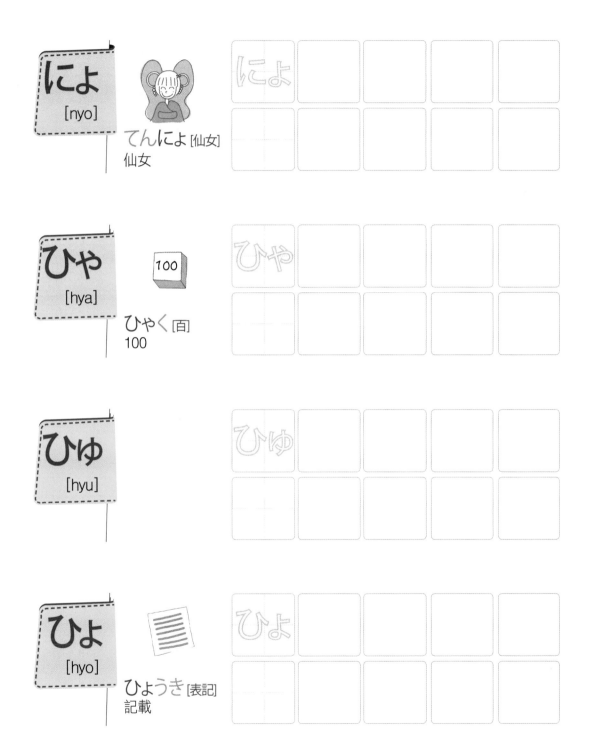

てん**によ** [仙女]
仙女

ひゃ
[hya]

ひゃく [百]
100

ひゅ
[hyu]

ひょ
[hyo]

ひょうき [表記]
記載

TRACK 11

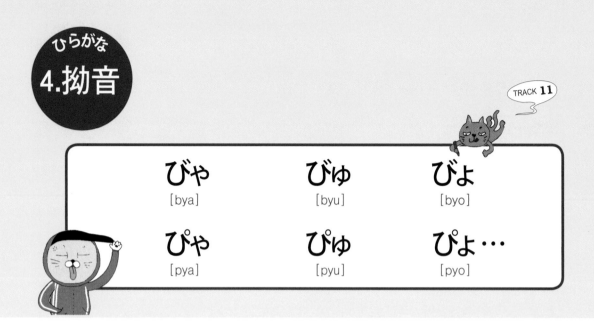

びゃ [bya]	びゅ [byu]	びょ [byo]
ぴゃ [pya]	ぴゅ [pyu]	ぴょ… [pyo]

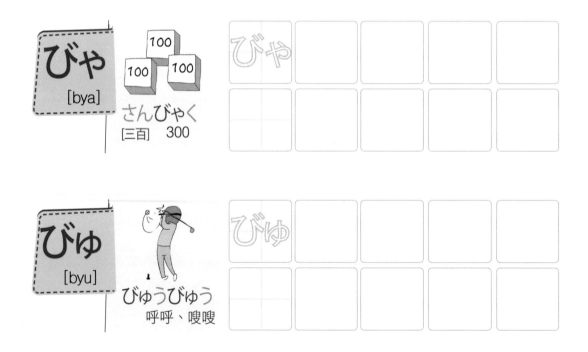

びゃ [bya]

さんびゃく [三百] 300

びゅ [byu]

びゅうびゅう 呼呼、嗖嗖

びょ
[byo]

びょういん
[病院] 醫院

ぴゃ
[pya]

ろっぴゃく
[六百] 600

ぴゅ
[pyu]

ぴゅうぴゅう
(風聲) 嗖嗖～

ぴょ
[pyo]

ぴょんぴょん
一蹦一蹦(地)

ひらがな

4.拗音

TRACK **11**

| みや [mya] | みゆ [myu] | みよ [myo] |
| りゃ [rya] | りゅ [ryu] | りょ… [ryo] |

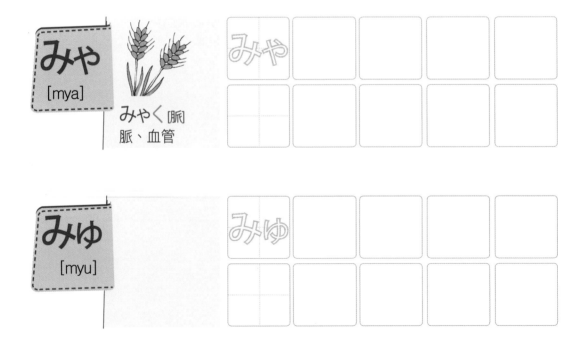

みゃ [mya]

みゃく [脈]
脈、血管

みゃ

みゅ [myu]

みゅ

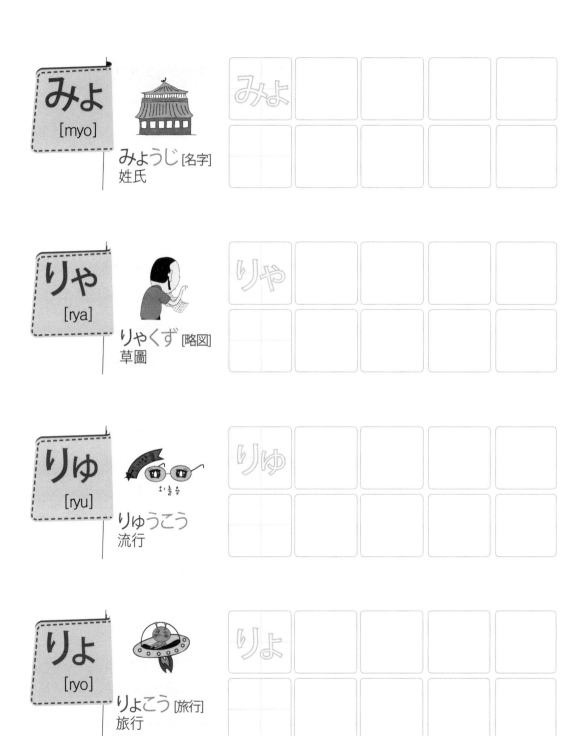

みょ
[myo]

みょうじ [名字]
姓氏

りゃ
[rya]

りゃくず [略図]
草圖

りゅ
[ryu]

りゅうこう
流行

りょ
[ryo]

りょこう [旅行]
旅行

みょ

りゃ

りゅ

りょ

あ → お a o	い → り i ri
う → ら u ra	き → さ ki sa
こ → て ko te	た → な ta na
ぬ → め nu me	は → ほ ha ho
ま → も ma mo	る → ろ ru ro

ね → れ → わ
ne   re   wa

カタカナ

 文字的由來

初步了解

ア阿	カ加	サ散	タ多	ナ奈	ハ八	マ末	ヤ也	ラ良	ワ和
イ伊	キ幾	シ之	チ千	ニ二	ヒ比	ミ三		リ利	
ウ宇	ク久	ス須	ツ川	ヌ奴	フ不	ム牟	ユ由	ル流	
エ江	ケ介	セ世	テ天	ネ祢	ヘ部	メ女		レ礼	
オ於	コ己	ソ曾	ト止	ノ乃	ホ保	モ毛	ヨ与	ロ呂	ヲ乎 ン爾

 **1.清音** 清音是指日語五十音中出現的音。當你發音時，用手輕輕觸碰聲帶，就會發現聲帶幾乎不會有任何震動。

ア行

ア	イ	ウ	エ	オ
[a]	[i]	[u]	[e]	[o]

TRACK **11**

ア
[a] 阿

請勿與マ混淆，第 2 劃是從中心點往左下畫。

イ
[i] 伊

第 1 劃力道微輕，像是寫人字的第 1 劃一樣。

あ行的發音和 [a]、[i]、[u]、[e]、[o] 相似，ウ 和 オ 發音時
嘴型不需嘟成圓形，ウ 發音時嘴型有點扁平。

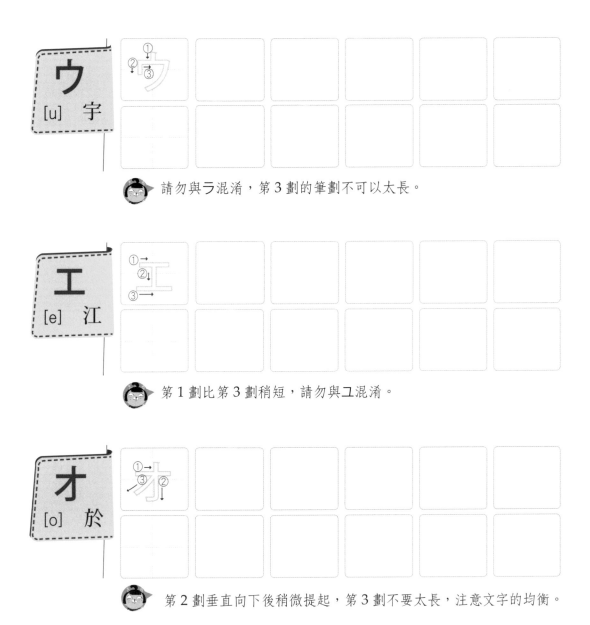

ウ [u] 宇

請勿與ラ混淆，第 3 劃的筆劃不可以太長。

エ [e] 江

第 1 劃比第 3 劃稍短，請勿與ユ混淆。

オ [o] 於

第 2 劃垂直向下後稍微提起，第 3 劃不要太長，注意文字的均衡。

カタカナ

1.清音

カ行

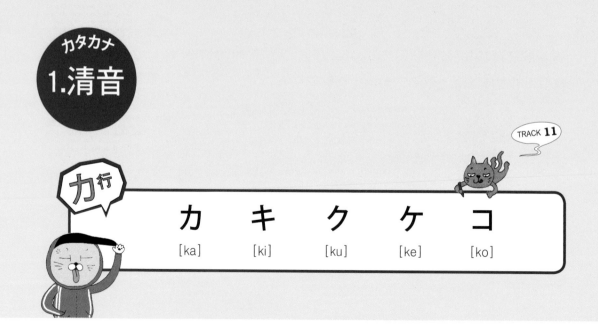

カ	キ	ク	ケ	コ
[ka]	[ki]	[ku]	[ke]	[ko]

TRACK 11

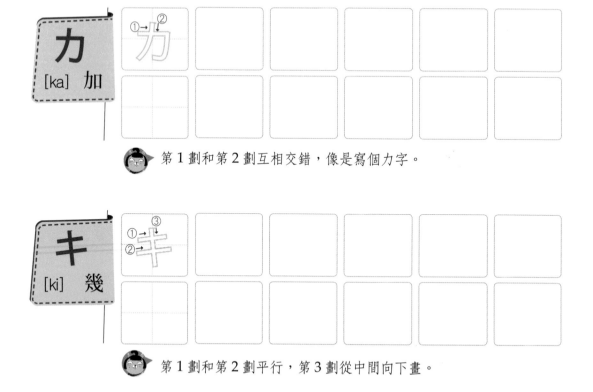

カ [ka] 加

第 1 劃和第 2 劃互相交錯，像是寫個力字。

キ [ki] 幾

第 1 劃和第 2 劃平行，第 3 劃從中間向下畫。

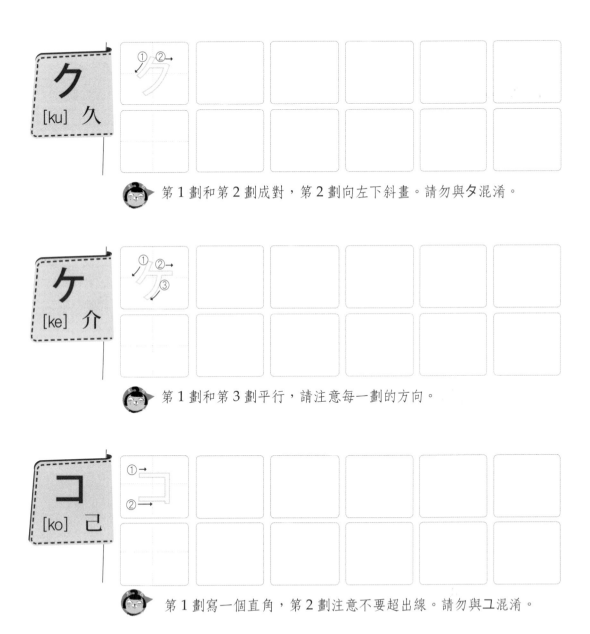

ク
[ku] 久

第 1 劃和第 2 劃成對，第 2 劃向左下斜畫。請勿與夕混淆。

ケ
[ke] 介

第 1 劃和第 3 劃平行，請注意每一劃的方向。

コ
[ko] 己

第 1 劃寫一個直角，第 2 劃注意不要超出線。請勿與ユ混淆。

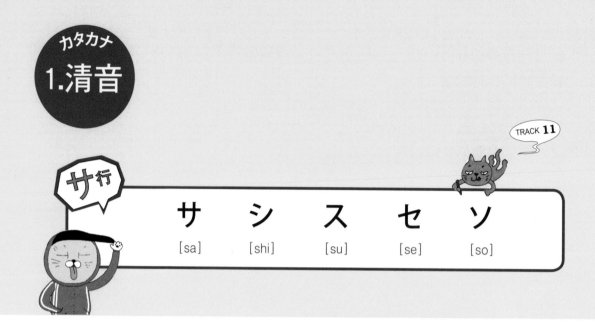

カタカナ
1.清音

サ行

サ	シ	ス	セ	ソ
[sa]	[shi]	[su]	[se]	[so]

TRACK 11

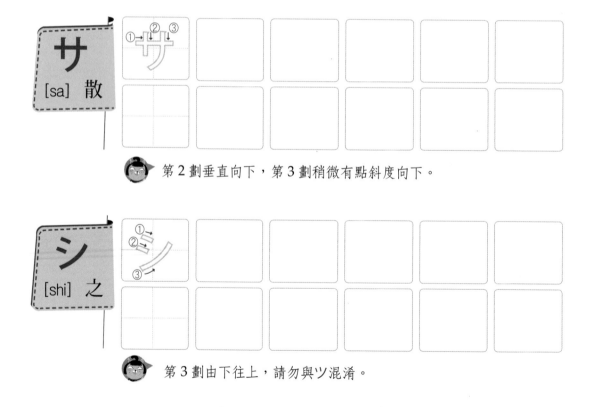

サ [sa] 散

第 2 劃垂直向下，第 3 劃稍微有點斜度向下。

シ [shi] 之

第 3 劃由下往上，請勿與ツ混淆。

第 2 劃從第 1 劃的中間處起始，請勿與ヌ混淆。

第 1 劃稍微向右提高後下折。

兩劃斜畫，像一個菱形。請勿與ン混淆。

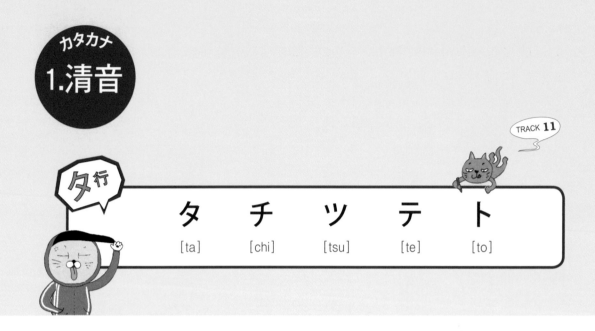

カタカナ 1.清音

夕行

タ チ ツ テ ト
[ta] [chi] [tsu] [te] [to]

TRACK 11

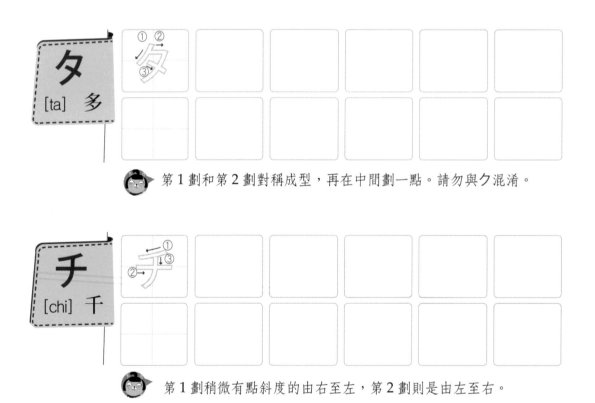

夕 [ta] 多

第1劃和第2劃對稱成型，再在中間劃一點。請勿與ク混淆。

チ [chi] 千

第1劃稍微有點斜度的由右至左，第2劃則是由左至右。

タ・テ・ト 的發音和 [ta]、[te]、[to] 相似，當它在單字的中間時，發音近似 [da]、[de]、[do]，但是發音要再輕一點。

ツ
[tsu] 川

第 1、2 劃由上往下，第 3 劃從右上向下畫至中間處。

テ
[te] 天

第 2 劃長度比第 1 劃長，第 3 劃從中間往左下斜著畫。

ト
[to] 止

第 2 劃由上往下。

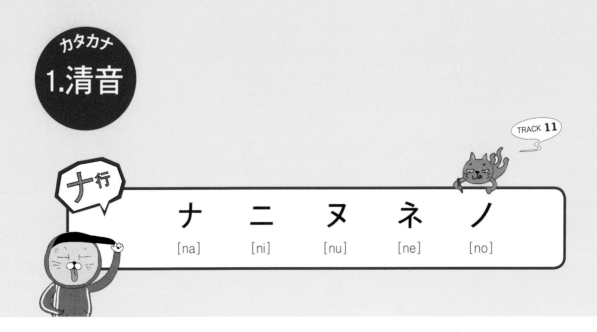

ナ行

TRACK **11**

ナ	ニ	ヌ	ネ	ノ
[na]	[ni]	[nu]	[ne]	[no]

ナ
[na] 奈

第 2 劃有點弧度的往左下。

ニ
[ni] 二

第 1 劃和第 2 劃平行，第 2 劃的長度較長。

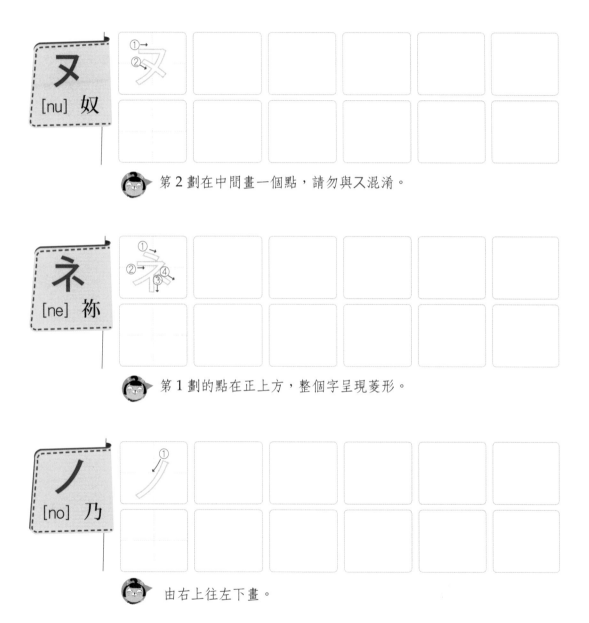

ヌ
[nu] 奴

第 2 劃在中間畫一個點，請勿與ス混淆。

ネ
[ne] 祢

第 1 劃的點在正上方，整個字呈現菱形。

ノ
[no] 乃

由右上往左下畫。

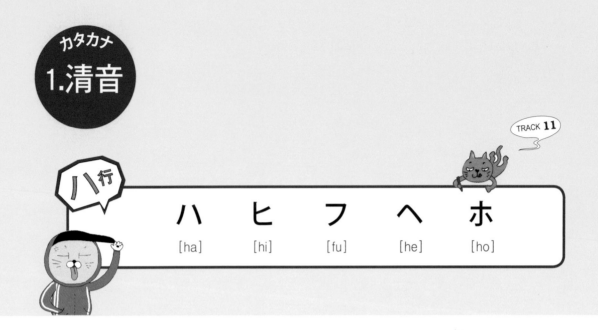

ハ行

ハ	ヒ	フ	ヘ	ホ
[ha]	[hi]	[fu]	[he]	[ho]

TRACK 11

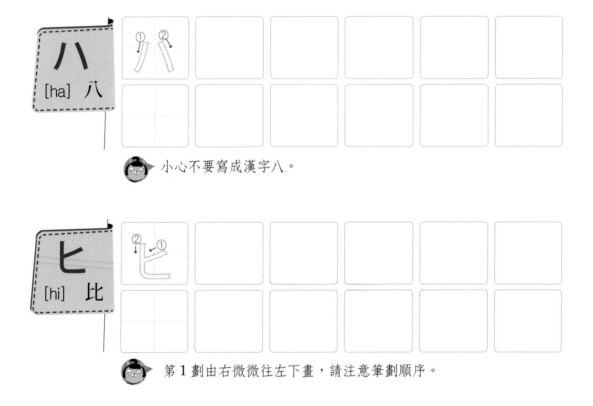

ハ
[ha] 八

小心不要寫成漢字八。

ヒ
[hi] 比

第 1 劃由右微微往左下畫，請注意筆劃順序。

發音

フ
[fu] 不

由左至右平畫，再往左下方斜畫。

ヘ
[he] 部

像下山一樣輕輕往下畫。

ホ
[ho] 保

第 3 劃和第 4 劃互相對稱，且不與第 2 劃相連。

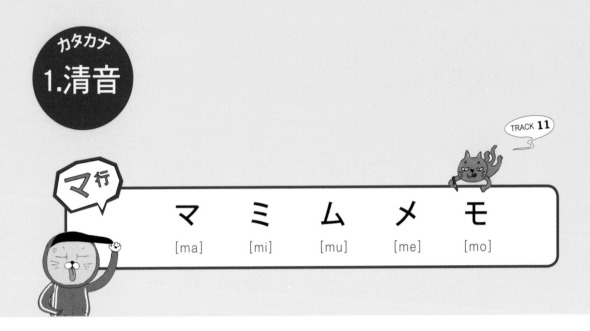

1.清音

マ行

マ ミ ム メ モ
[ma] [mi] [mu] [me] [mo]

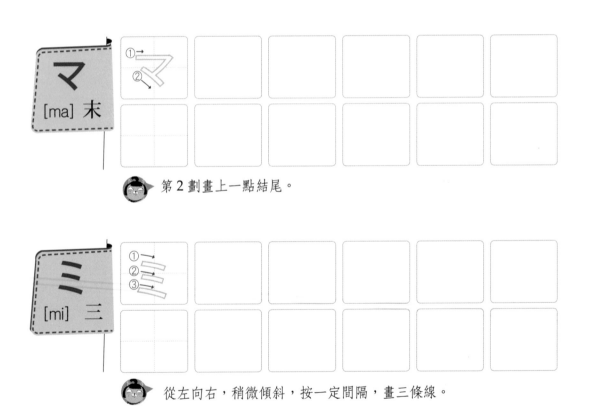

マ [ma] 末

第 2 劃畫上一點結尾。

ミ [mi] 三

從左向右，稍微傾斜，按一定間隔，畫三條線。

マ行的發音和 [ma]、[mi]、[mu]、[me]、[mo] 相似。

發音

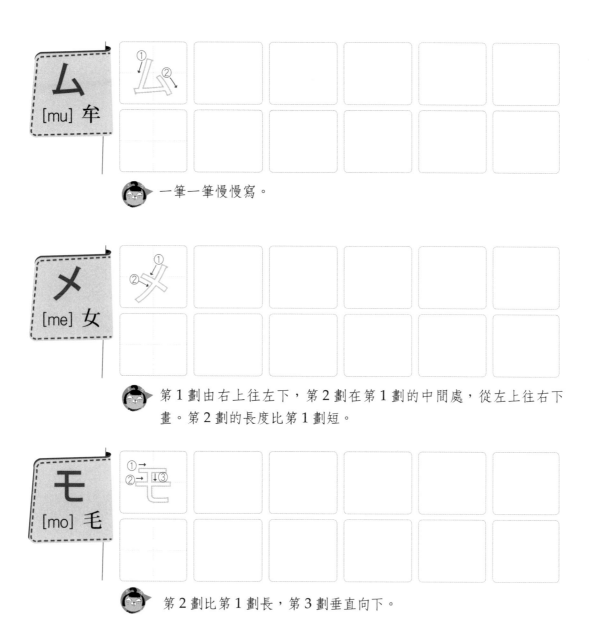

ム [mu] 牟

一筆一筆慢慢寫。

メ [me] 女

第 1 劃由右上往左下，第 2 劃在第 1 劃的中間處，從左上往右下畫。第 2 劃的長度比第 1 劃短。

モ [mo] 毛

第 2 劃比第 1 劃長，第 3 劃垂直向下。

209

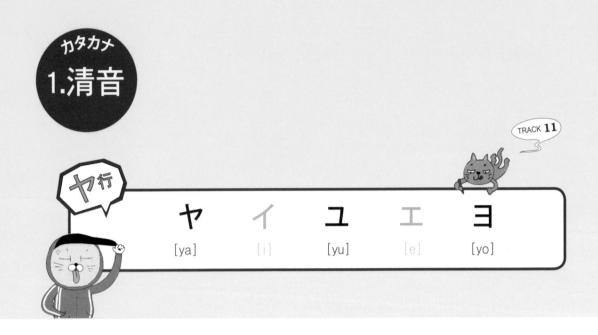

ヤ行

ヤ　イ　ユ　エ　ヨ
[ya]　[i]　[yu]　[e]　[yo]

TRACK 11

ヤ
[ya] 也

第 1 劃稍微往右上提後下折，第 2 劃與第 1 劃交錯。

ユ
[yu] 由

第 1 劃向下時稍微有點斜度，第 2 劃再與此相連。請勿與コ混淆。

ヤ行的發音和 [ya]、[yu]、[yo] 相似,發 ㄩ 音的時候嘴型不用嘟起。

ヨ
[yo] 与

第 1 劃寫個直角,第 2 劃和第 3 劃保持相當的間隔與第 1 劃平行。

ひらがな
平假名
カタカナ
片假名

你真的很～用心學日語呢,辛苦了。

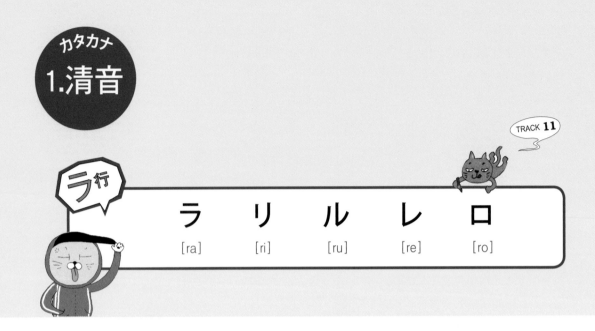

ラ行 ラ リ ル レ ロ

[ra] [ri] [ru] [re] [ro]

TRACK **11**

ラ [ra] 良

① → ② → ラ

第 2 劃與第 1 劃平行，且長度較長。請勿與ウ混淆。

リ [ri] 利

① ↓ ② ↓ リ

第 1 劃垂直向下，第 2 劃稍有弧度地向左彎。

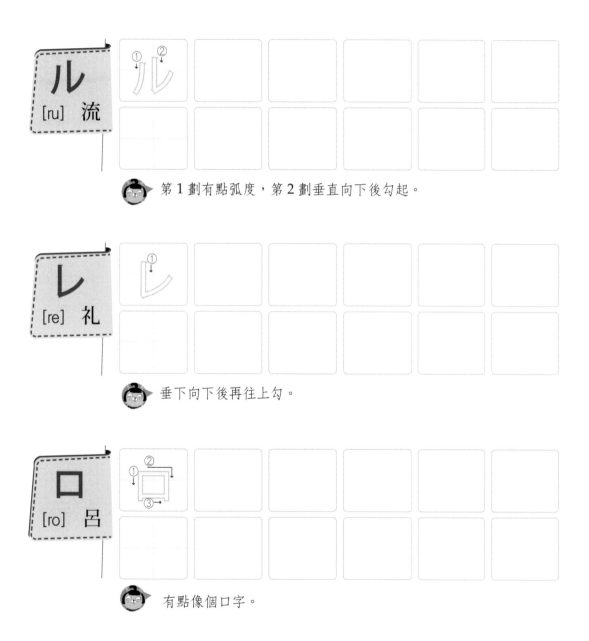

第 1 劃有點弧度，第 2 劃垂直向下後勾起。

垂下向下後再往上勾。

有點像個口字。

カタカナ
1.清音

ワ行・ン

TRACK 11

ワ	イ	ウ	エ	ヲ	ン
[wa]	[i]	[u]	[e]	[o]	[n·m·ŋ·N]

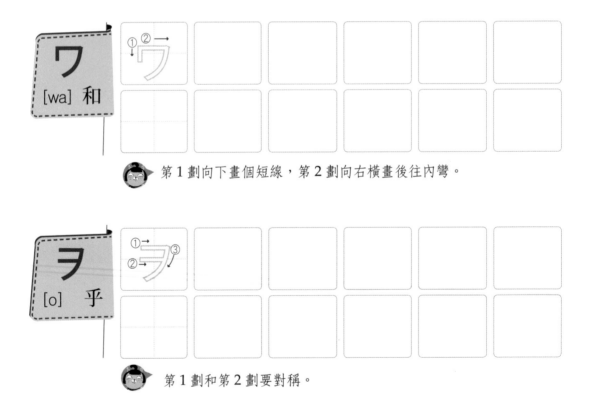

ワ [wa] 和

第1劃向下畫個短線，第2劃向右橫畫後往內彎。

ヲ [o] 乎

第1劃和第2劃要對稱。

ン

[n·m·ŋ·N] 爾

注意點的方向，第 2 劃是由下往上。

好，已經快要學完了，
再加把勁吧！

215

所謂濁音，是指 カ・サ・タ・ハ 行的右上方加上濁點〔゛〕。

ガ	ギ	グ	ゲ	ゴ
[ga]	[gi]	[gu]	[ge]	[go]

在 カ 右上方加上濁點（゛），位置不要太遠。

在 キ 右上方加上濁點（゛），位置不要太遠。

ガ行的發音和 [ga]、[gi]、[gu]、[ge]、[go] 相似。

發音

グ
[gu]

在ク右上方加上濁點 (ﾞ)，位置不要太遠。

ゲ
[ge]

在ケ右上方加上濁點 (ﾞ)，位置不要太遠。

ゴ
[go]

在コ右上方加上濁點 (ﾞ)，位置不要太遠。

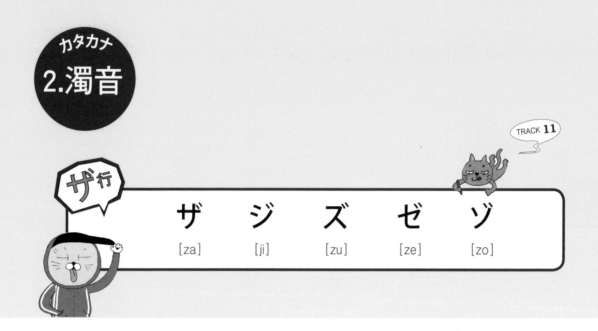

2.濁音
カタカナ

ザ行

ザ	ジ	ズ	ゼ	ゾ
[za]	[ji]	[zu]	[ze]	[zo]

TRACK 11

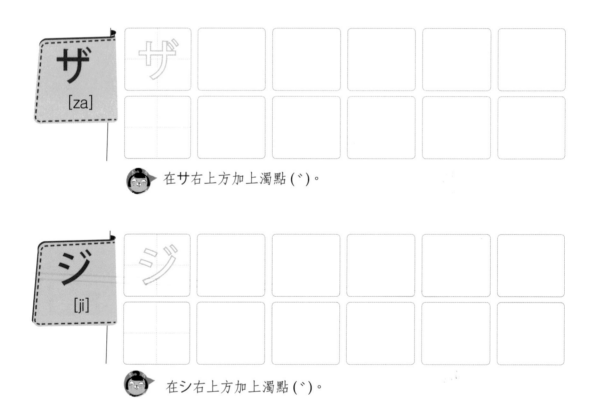

ザ [za]

在サ右上方加上濁點 (ﾞ)。

ジ [ji]

在シ右上方加上濁點 (ﾞ)。

ザ 行的發音和 [za]、[ji]、[zu]、[ze]、[zo] 相似。

ズ
[zu]

在ス右上方加上濁點 (ﾞ)。

ゼ
[ze]

在セ右上方加上濁點 (ﾞ)。

ゾ
[zo]

在ソ右上方加上濁點 (ﾞ)。

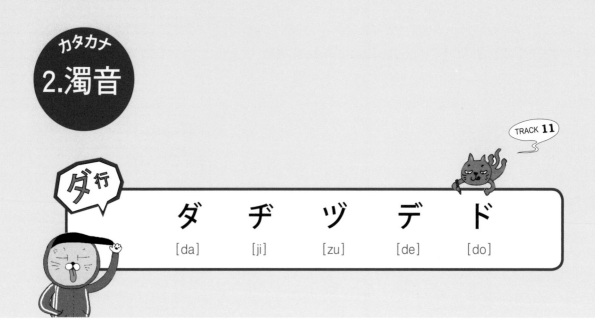

カタカナ 2.濁音

ダ行

ダ　ヂ　ヅ　デ　ド
[da]　[ji]　[zu]　[de]　[do]

TRACK 11

ダ [da]

在タ右上方加上濁點 (゛)，位置不要太遠。

ヂ [ji]

在チ右上方加上濁點 (゛)。

ダ行中的 ダ‧デ‧ド 的發音和 [da]、[de]、[do] 相似。
ヂ 和 ヅ 的發音個別與 ジ 和 ズ 相似。

發音

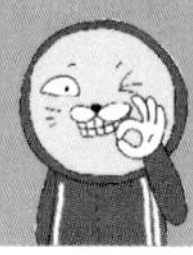

ツ
[zu]

在ツ右上方加上濁點 (ﾞ)。

デ
[de]

在テ右上方加上濁點 (ﾞ)。

ド
[do]

在ト右上方加上濁點 (ﾞ)。

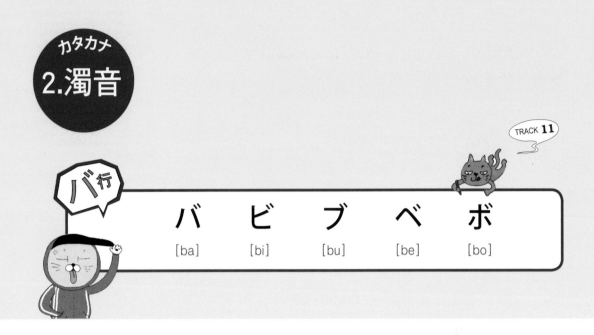

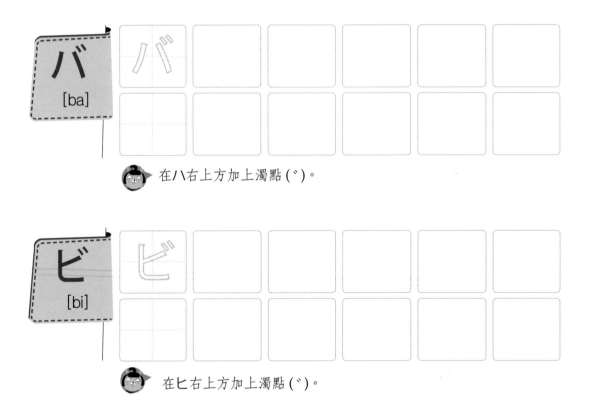

在ハ右上方加上濁點 (ゝ)。

在ヒ右上方加上濁點 (ゝ)。

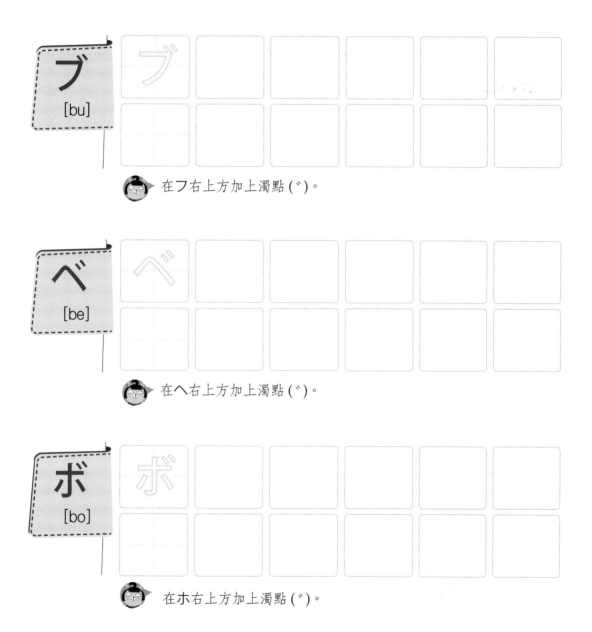

ブ [bu]

在フ右上方加上濁點 (゛)。

ベ [be]

在ヘ右上方加上濁點 (゛)。

ボ [bo]

在ホ右上方加上濁點 (゛)。

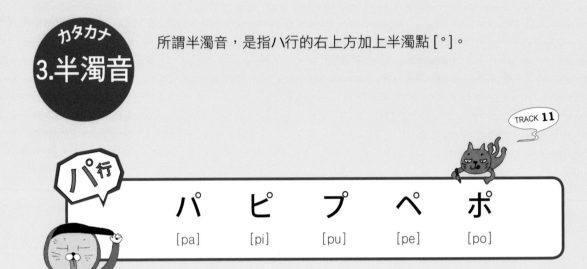

カタカナ
3.半濁音

所謂半濁音，是指ハ行的右上方加上半濁點 [°]。

パ行

パ	ピ	プ	ペ	ポ
[pa]	[pi]	[pu]	[pe]	[po]

TRACK 11

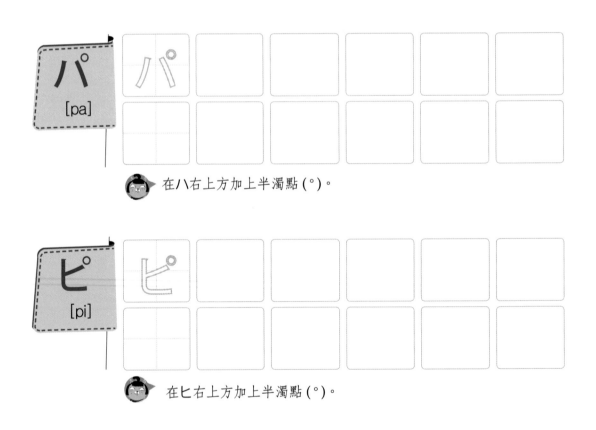

パ [pa]

在ハ右上方加上半濁點 (°)。

ピ [pi]

在ヒ右上方加上半濁點 (°)。

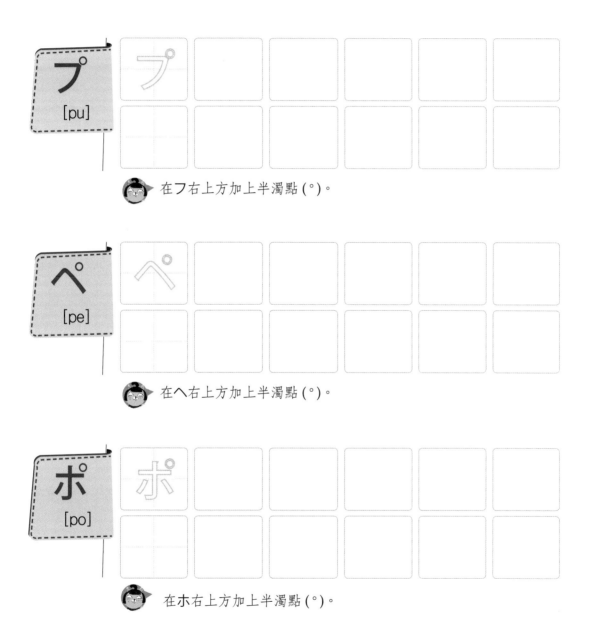

プ [pu]

在フ右上方加上半濁點 (°)。

ペ [pe]

在ヘ右上方加上半濁點 (°)。

ポ [po]

在ホ右上方加上半濁點 (°)。

所謂拗音是指イ段的子音キ・ギ・シ・ジ・チ・ニ・ヒ・ビ・ピ・ミ・リ 與小字 ヤ・ユ・ヨ 結合後的發音。

TRACK **11**

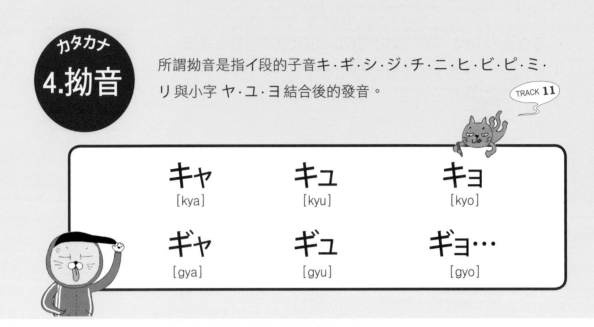

キャ	キュ	キョ
[kya]	[kyu]	[kyo]
ギャ	ギュ	ギョ…
[gya]	[gyu]	[gyo]

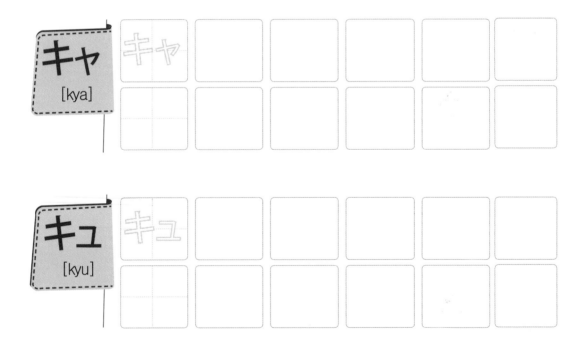

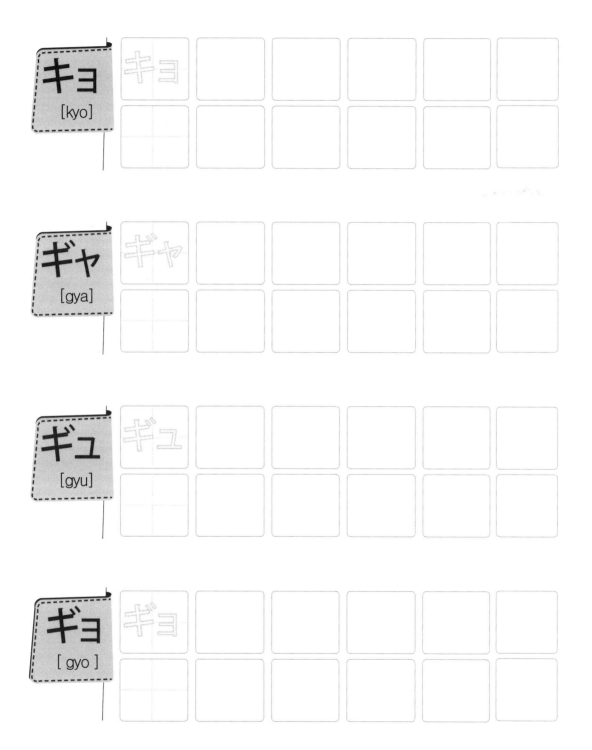

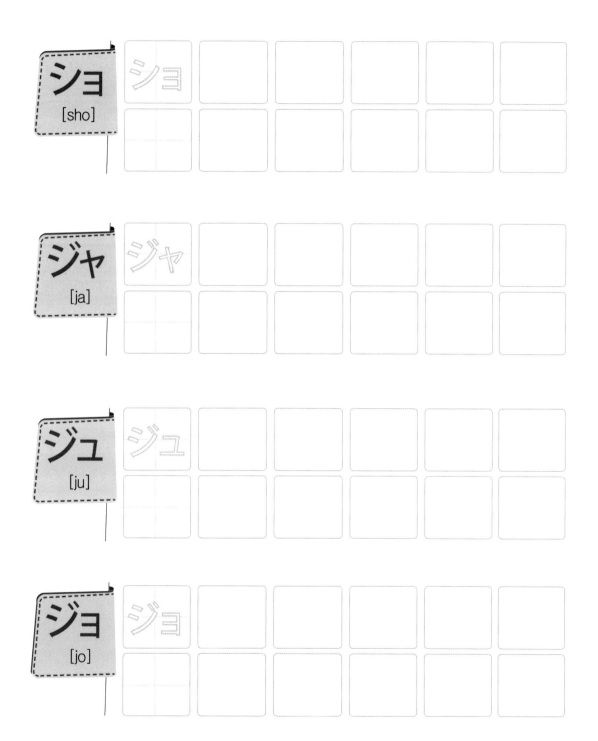

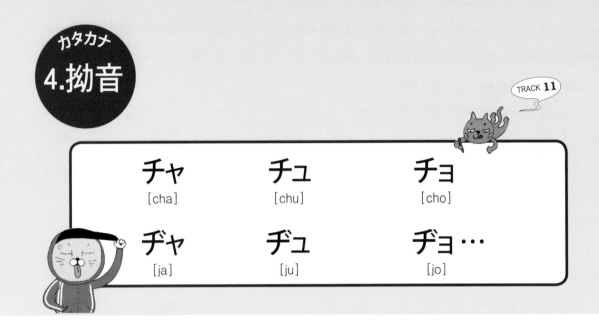

カタカナ
4.拗音

TRACK 11

| チャ [cha] | チュ [chu] | チョ [cho] |
| ヂャ [ja] | ヂュ [ju] | ヂョ… [jo] |

チャ [cha]

チュ [chu]

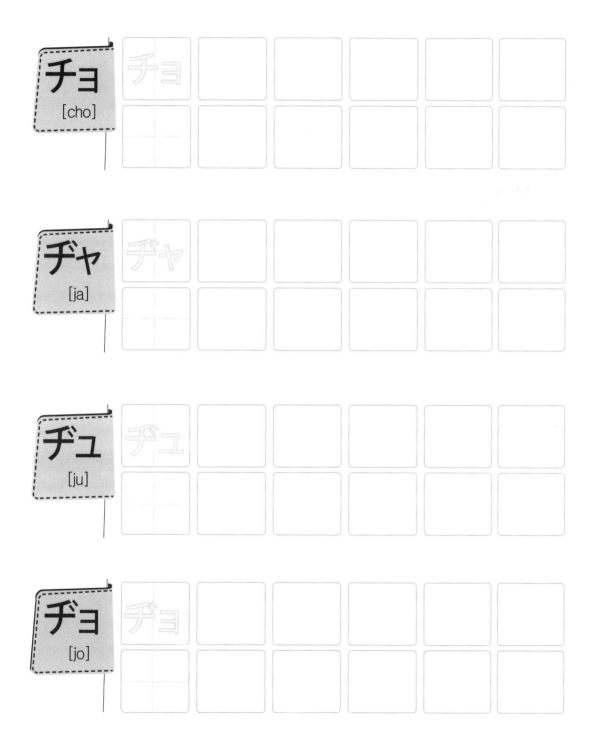

チョ [cho]

ヂャ [ja]

ヂュ [ju]

ヂョ [jo]

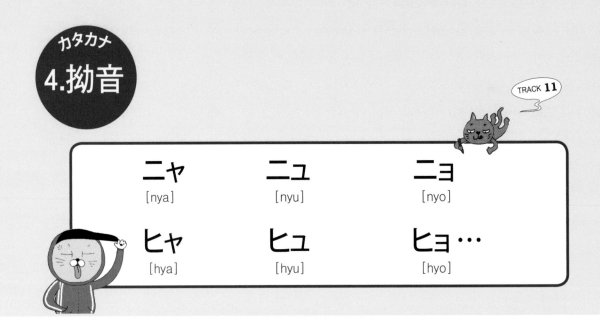

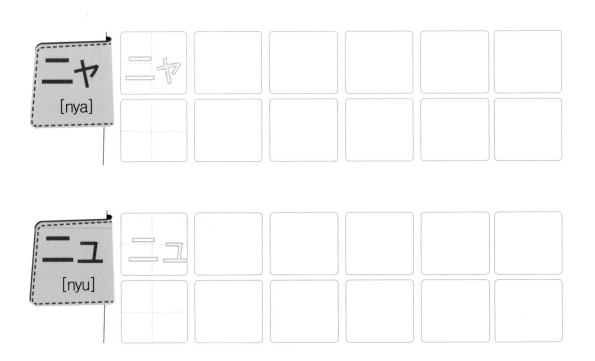

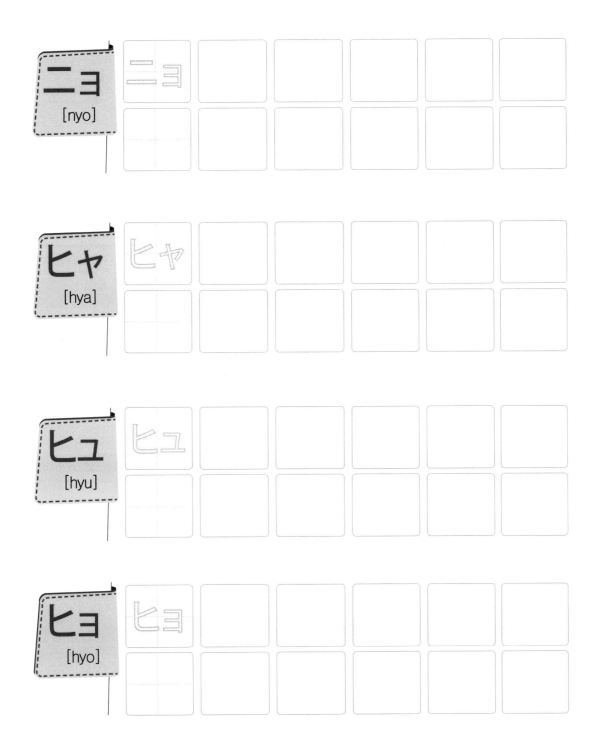

ニョ [nyo]

ヒャ [hya]

ヒュ [hyu]

ヒョ [hyo]

TRACK **11**

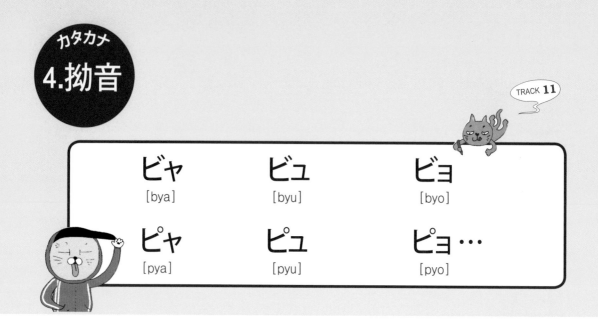

| ビャ
[bya] | ビュ
[byu] | ビョ
[byo] |
| ピャ
[pya] | ピュ
[pyu] | ピョ···
[pyo] |

ビャ
[bya]

ビュ
[byu]

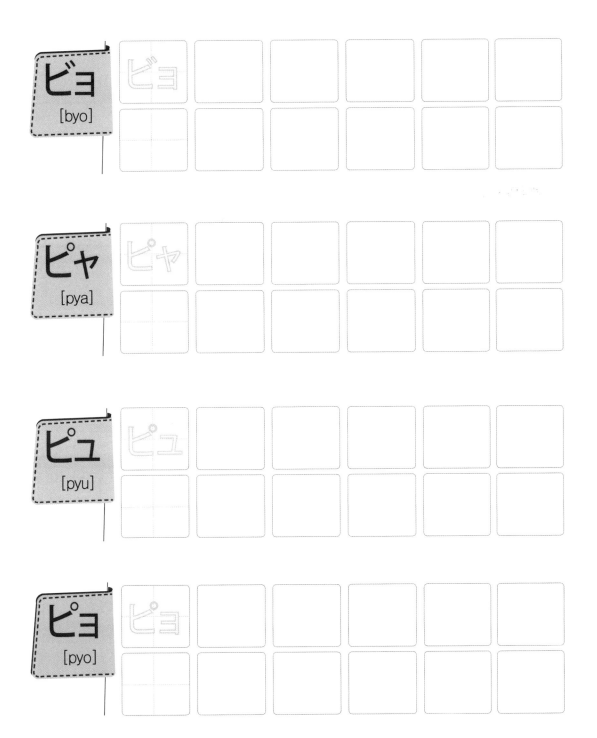

カタカメ
4.拗音

TRACK **11**

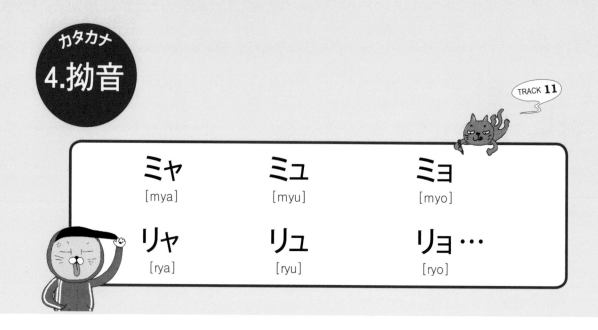

ミヤ	ミュ	ミョ
[mya]	[myu]	[myo]
リャ	リュ	リョ…
[rya]	[ryu]	[ryo]

ミヤ [mya]

ミュ [myu]

ミヨ [myo]

リャ [rya]

リュ [ryu]

リヨ [ryo]

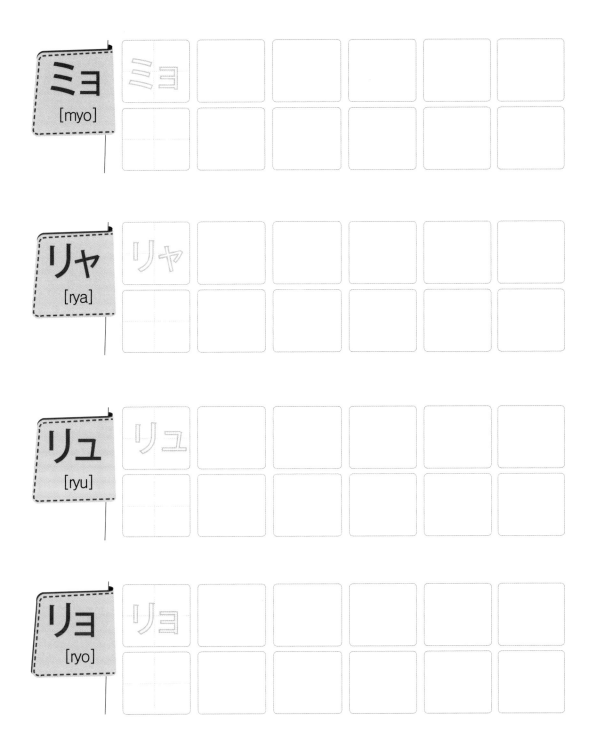

ア ↔ マ	エ ↔ ユ
a　　ma	e　　yu
シ ↔ ツ	セ ↔ ヤ
shi　　tsu	se　　ya
ス ↔ ヌ	ク ↔ ケ
su　　nu	ku　　ke
ソ ↔ ン	チ ↔ ケ
so　　n·m·ŋ·N	chi　　ke
テ ↔ ラ	ヲ ↔ ヨ
te　　ra	o　　yo
ヘ ↔ ハ	ク ↔ タ
he　　ha	ku　　ta

只要 30 天，圖解生活日語自學王

作　　者：金仁淑 著 / 高橋美香 講解
譯　　者：張珮婕
企劃編輯：王建賀
文字編輯：江雅鈴
設計裝幀：張寶莉
發 行 人：廖文良

發 行 所：碁峰資訊股份有限公司
地　　址：台北市南港區三重路 66 號 7 樓之 6
電　　話：(02)2788-2408
傳　　真：(02)8192-4433
網　　站：www.gotop.com.tw
書　　號：ALJ000700
版　　次：2019 年 09 月初版
建議售價：NT$320

國家圖書館出版品預行編目資料

只要 30 天，圖解生活日語自學王 / 金仁淑, 高橋美香原著；張珮婕譯. -- 初版. -- 臺北市：碁峰資訊, 2019.09
　　面；　公分
　　ISBN 978-986-502-196-2(平裝)
　　1.日語　2.讀本
803.18　　　　　　　　　　　　　　　　108010528

讀者服務

- 感謝您購買碁峰圖書，如果您對本書的內容或表達上有不清楚的地方或其他建議，請至碁峰網站：「聯絡我們」\「圖書問題」留下您所購買之書籍及問題。(請註明購買書籍之書號及書名，以及問題頁數，以便能儘快為您處理)
http://www.gotop.com.tw

- 售後服務僅限書籍本身內容，若是軟、硬體問題，請您直接與軟、硬體廠商聯絡。

- 若於購買書籍後發現有破損、缺頁、裝訂錯誤之問題，請直接將書寄回更換，並註明您的姓名、連絡電話及地址，將有專人與您連絡補寄商品。